Thierry Jonquet

ROUGE C'EST LA VIE

ROMAN

Éditions du Seuil

TEXTE INTÉGRAL

ISBN 2-02-037445-5
(ISBN 2-02-033136-5, 1re publication)

A Beer Boroh'ov, sans rire,
A Granelle, sans rancune,
A Alain Krivine, sans commentaires,
Au motard inconnu, sans qui rien ne serait arrivé…

Sans le motard, jamais Victor n'aurait rencontré Léa. C'est une certitude. Une évidence. Vingt-cinq ans plus tard, Victor a oublié le modèle de la moto, la couleur du casque, il se souvient tout juste du blouson de cuir du pilote, une tache mauve entraperçue l'espace d'un instant. Le motard a disparu aussi vite qu'il était apparu, et sans doute ne s'est-il rendu compte de rien. Vers quel mystérieux rendez-vous se pressait-il ainsi, ce motard, Victor se le demande encore, et s'amuse parfois à formuler des hypothèses fantaisistes. Peut-être s'agissait-il d'un agent de renseignement – KGB ou CIA ? – porteur d'une missive de la plus haute importance stratégique, ou bien d'un truand en cavale, voire, plus fort encore, d'une créature venue d'une autre galaxie, et projetée dans une faille de l'espace-temps ? Quoi qu'il en soit, le motard providentiel a surgi au bon moment. Grâce à lui, Victor a rencontré Léa.

*

Le motard, très imprudent, fit irruption à grande vitesse au beau milieu de la rue Cambon, tout près de la Madeleine, le 21 juin 1973 aux environs de seize heures. Il y avait des travaux de part et d'autre de la chaussée, si bien que le passage se trouvait sévèrement rétréci. Doublant une voiture, le motard se retrouva face à une camionnette, un « tube » Citroën, arrivant en sens inverse.

Philippe, qui était au volant, n'avait d'autre ressource que de braquer à fond vers la droite s'il ne voulait percuter cette moto qui fonçait sur lui. Ce faisant, il précipita sa camionnette contre une baraque de chantier installée sur l'autre berge de la rue. Le bras de Victor, assis à la droite du conducteur, pendait nonchalamment à la portière et se déchira à la saignée du coude. Le « tube » continua sa trajectoire sur quelques mètres avant de s'immobiliser en butant contre le trottoir. Le bras de Victor suivit le mouvement tant bien que mal. Plutôt mal.

Le pare-brise était couvert de sang et Philippe ne comprit pas ce qui se passait. Il faisait chaud. Paris était ensoleillé, sur les trottoirs, les filles portaient des minijupes. Victor avait dix-neuf ans. Il étudiait la philosophie à l'université de Créteil et Philippe l'histoire à Jussieu. La fin de l'année universitaire leur autorisait quelque liberté, aussi avaient-ils trouvé un boulot dans une entreprise de signalisation routière, Paris Métal. Le travail consistait à tracer des bandes blanches sur les routes, à dessiner des marques sur les parkings, ou encore à baliser les abords de supermarchés. Tâche ô combien ingrate, mais socialement des plus utiles. Depuis une semaine, ils se démenaient avec une petite machine automatique, la Sta/15, laquelle crachait un jet de peinture fluorescente sur la future aire de stationnement d'un hypermarché de Claye-Souilly, en Seine-et-Marne. Grâce aux efforts des deux jeunes gens, dès l'inauguration du monstre, le consommateur pourrait se repérer avec aisance dans le dédale des voies d'accès, garer son véhicule sur un emplacement idoine, piloter son Caddie dans les allées soigneusement fléchées. C'est dire si cela valait la peine de s'éreinter à débiter du mètre linéaire de peinture sur le bitume.

*

Après leur journée de travail sur ce chantier de Seine-et-Marne, le 21 juin 1973, Victor et Philippe étaient de retour à Paris. Ils squattaient l'appartement des parents de Philippe, au 15, rue de la Colonie, dans le XIIIe, à deux pas de la place d'Italie. Des parents parfaits, adorables, qui avaient eu la judicieuse idée de partir travailler en Guinée, abandonnant ainsi leur domicile à leur fils. En leur absence, l'appartement de la rue de la Colonie devint le point de chute de nombre de joyeux drilles qui ne faisaient qu'y passer une nuit, ou, au contraire, à la manière de Victor, manifestaient une fâcheuse tendance à s'y incruster. Il y avait des filles, des tas de filles, qui traînaient par là à la sortie de la fac. Les soirées étaient assez chaudes. Philippe gérait le domaine avec bonhomie mais poussait un coup de gueule quand ses hôtes dépassaient les bornes. C'est-à-dire souvent.

Huit heures de rang à manœuvrer la fameuse Sta/15 sur le parking du futur hypermaché de Claye-Souilly, le jet de peinture, jaune, blanche ou rouge suivant le réservoir actionné, les pochoirs qui servaient à dessiner des flèches, des stops, des sens interdits. Victor installait les caches sur le bitume, Philippe pilotait la bécane en suivant les repères. Quand ils en avaient assez, ils permutaient, Philippe prenait les pochoirs, Victor passait aux commandes, et ça tournait à fond la caisse. Ce jour-là, la fatigue les gagna plus tôt que d'habitude. A bas les cadences infernales. D'un commun accord, ils décidèrent de mettre les pouces, vidèrent les réservoirs de peinture, nettoyèrent les cuves, se meurtrirent les reins à hisser la Sta/15 dans la camionnette – l'engin pesait son quintal – et s'apprêtèrent à rentrer au bercail.

Philippe s'installa au volant. De Claye-Souilly à la rue de la Colonie, pourquoi ce détour par la Madeleine, cette descente de la rue Cambon, à seize heures, le 21 juin 1973 ? Victor ne se souvient plus. Il devait sûrement y avoir une raison, mais laquelle ?

*

Cet après-midi-là, Monsieur Hasard s'ennuyait dans le sombre bureau qui lui sert ordinairement de tanière. La poussière s'accumulait en couches blanchâtres sur les classeurs à crémaillère. La lampe à acétylène qui éclairait son repaire donnait quelques signes de faiblesse et il avait encore oublié de passer un coup de chiffon sur les vitres encrassées de suie, si bien qu'on n'y voyait plus grand-chose, dans ce gourbi. Les spirales antimouches suspendues au plafond voletaient doucement au gré des courants d'air, et c'était bien là la seule note de fantaisie dans ce décor sinistre. Fatigué, Monsieur Hasard referma l'énorme dossier dont il devait parapher sans relâche les pages, une à une, ligne après ligne, depuis la nuit des temps, ainsi que l'exigeait le protocole édicté par les Hautes Autorités Aléatoires. Des dizaines de millions de faits anodins y étaient scrupuleusement consignés par les « petites mains » du service. La moindre peau de banane abandonnée sur un trottoir d'Issy-les-Moulineaux, de Calcutta ou de Chicago se voyait aussitôt répertoriée : sa présence sur le bitume, susceptible de provoquer la chute d'un quidam et par là même de bouleverser potentiellement le cours de son existence, faisait l'objet d'un signalement en bonne et due forme !

Le travail était organisé de façon rigoureuse. La Section balistique s'occupait ainsi du trajet des obus, sagaies, flèches, ainsi que tous autres projectiles utilisés sur les champs de bataille, et au regard de l'enjeu – la vie ou la mort de combattants – on y affectait les meilleurs éléments rompus à l'art de la trigonométrie. La Section économique scrutait les séances de troc organisées par les représentants des tribus amazoniennes, tout comme elle espionnait les communications téléphoniques des courtiers de la Bourse de Wall Street, à l'affût d'un effondrement des valeurs. La Section médicale collectait quant à elle des brassées de données biologiques et biochimiques, s'efforçant de programmer au plus juste cancers, ruptures d'anévrisme et autres infarctus.

On n'imagine pas le souci que tout cela peut donner.

Le 21 juin 1973, vers seize heures GMT, moulu de fatigue, Monsieur Hasard réprima un bâillement, s'étira, se massa les reins, passa ses mains aux ongles endeuillés dans son épaisse chevelure grise, quitta son bureau et s'engagea sur la longue coursive qui lui permettait de surveiller les vastes ateliers situés en contrebas, là où s'affairaient ses milliers d'assistants. Il se pencha par-dessus la rambarde de fer forgé pour apercevoir toute cette plèbe occupée à régler de mystérieux engrenages. Poulies, crémaillères, roues dentées, balanciers, ressorts, sous la férule de Monsieur Hasard on assemblait ici des machines redoutables, d'une sophistication inouïe, capables de provoquer guerres, incendies, scènes de ménage, krachs boursiers, blennorragies, pannes de voiture et autres erreurs d'aiguillages. Les pièces détachées étaient fabriquées dans des ateliers annexes et livrées par wagonnets entiers jusqu'aux chaînes d'assemblage, dans un va-et-vient incessant.

Dès que le Boss s'engageait sur la coursive, ses assistants, sachant qu'ils ne pouvaient échapper à son regard haut perché et inquisiteur, redoublaient d'énergie, chacun penché sur son établi, assemblant pêle-mêle vis cruciformes, boulons et écrous. L'œil rivé sur le pied à coulisse, ils procédaient aux derniers réglages avant d'expédier le chargement sur le tapis roulant qui déversait le produit fini sur Terre. Ils n'épargnaient pas l'huile de coude, précipitant de temps à autre par un stupide excès de zèle la mise en route de mécanismes déraisonnables, de véritables défis au bon sens. Combien d'épouses pétries de romantisme ont-elles ainsi rencontré des maris alcooliques et irascibles, combien de chiens ont-ils hérité d'un mauvais maître à la suite de ces fausses manœuvres, combien de tartines ont-elles glissé de la table du petit déjeuner pour tacher la moquette de leur face enduite de confiture ? Nul ne le sait.

Le 21 juin 1973, vers seize heures, Monsieur Hasard longeait donc la coursive qui lui permettait de surveiller ses ateliers. Vêtu d'une blouse grise maculée de traînées graisseuses, les pieds chaussés de charentaises avachies, il arpentait la passerelle à claire-voie qui courait tout en haut du hangar en se roulant une cigarette de tabac gris, quand il entendit soudain une voix l'interpeller. Celle d'un stagiaire de la Section routière, un petit boutonneux malingre qui portait des lunettes à double foyer.

– Patron, patron ! braillait le nouveau venu afin de couvrir le vacarme régnant alentour.

Monsieur Hasard ne s'accordait que de rares instants de repos et détestait être dérangé. Il feignit l'indifférence et poursuivit son inspection. Le stagiaire de la Section routière dut l'agripper par la manche pour qu'enfin le maître des lieux daigne s'intéresser à ses gesticulations.

– Eh bien quoi ? Que me voulez-vous ? Et d'abord, comment vous appelez-vous ? s'écria-t-il.

– Lachésis… Aristide Lachésis.

– Lachésis ? s'étonna Monsieur Hasard. Seriez-vous apparenté à la très ancienne dynastie des Parques ?

– C'est cela même. Vous vous en souvenez ? J'en suis flatté.

– Oui, oui, oui... murmura Monsieur Hasard, les yeux mi-clos. J'ai jadis connu ces trois sœurs dont les Anciens prétendaient qu'elles distribuaient aux hommes, dès l'instant de leur naissance, tout le bonheur et le malheur que la vie leur réserve. Clotho, la fileuse, dont la quenouille déroule les fils de la vie, Lachésis, qui les entremêle à sa guise, et Atropos, l'inflexible, qui les tranche sans pitié le moment venu... Balivernes que tout cela, c'était l'aube de l'humanité, rendez-vous compte, à peine quelques centaines de milliers d'âmes à gérer, alors qu'à présent nous traitons les destinées par milliards ! Nous avons dépassé l'artisanat, mon petit. Voici venu le temps de l'industrie, et ça ne pourra aller qu'en empirant. Enfin, vous descendez donc de la délicieuse Lachésis ?

– Une arrière-arrière-grand-tante à la puissance douze, confirma Aristide.

– Vous m'en voyez ravi. Quel est le motif de votre visite ?

– Un petit problème avec un motard, rue Cambon. Vous voyez où ça se trouve ?

– Bien sûr, Ier arrondissement de Paris, elle commence au 1, boulevard de la Madeleine et finit au 246 de la rue de Rivoli, bougonna Monsieur Hasard. Depuis l'Éternité que je m'use les yeux à étudier les plans, je suis bien placé pour le savoir. Eh bien ?

– Voilà ... Je... j'étais de permanence à la surveillance du secteur concerné, et, dans un moment d'étourderie, j'ai expédié un motard droit contre une camionnette, rue Cambon. Sans aucune justification ! Je ne sais pas ce qui m'a pris, la fatigue, sans doute...

Monsieur Hasard ne s'étonna guère de cette défaillance. La

Section routière, qui n'avait été créée qu'un siècle plus tôt à la suite de l'invention du moteur à explosion, connaissait des ratés assez fréquents.

– Hon hon, marmonna-t-il, et y a-t-il eu mort d'homme ?

– Absolument pas ! s'écria le nouveau venu.

– Alors, rédigez un rapport et classez sans suite.

– Impossible, l'affaire s'avère plus complexe qu'il n'y paraît : cet accident risque d'entraîner des conséquences qui n'étaient pas prévues dans les Registres !

– Des conséquences qui n'étaient pas prévues ? s'esclaffa Monsieur Hasard. Foutaises !

– Oh que non, j'ai épluché le dossier, protesta Aristide Lachésis, un Victor et une Léa, nés en 1954. D'après la Section érotique, ils ne devaient absolument pas se rencontrer, c'était tout bonnement impossible, mais là, après l'intervention plus que fâcheuse du motard, leurs chemins risquent de converger, c'est fatal.

– Ne prononcez pas ce mot ! hurla Monsieur Hasard, outré. Il n'y a pas de fatalité, nulle part, jamais, il n'y a que Moi !

Son teint avait viré au rouge vif et les veines de son cou enflèrent. Les échos de sa voix puissante se répercutèrent contre les parois du hangar avec une force telle qu'Aristide crut que ses tympans allaient rompre.

– Je m'excuse, je m'excuse, bredouilla-t-il, toujours est-il qu'il y a eu une bavure… dont je suis pleinement responsable !

Monsieur Hasard s'empara de la pochette cartonnée que lui tendait le stagiaire et en feuilleta le contenu.

– Regardez leurs deux courbes de vie, insista Aristide, elles n'étaient pas programmées pour se croiser !

– Nom de nom, alors ça c'est fort, marmonna Monsieur Hasard, soudain radouci.

– Si vous me permettez, je dirais que la déontologie nous

oblige à envisager l'hypothèse d'une histoire d'amour. Hautement improbable, certes, mais sait-on jamais ?

– Alors que rien, absolument rien, n'a été prévu en ce sens ! acquiesça Monsieur Hasard. Quelle poisse !

– Eh oui, nous n'avons pas l'aval des autorités compétentes ! chuchota Aristide.

Monsieur Hasard se gratta le menton, pensif. Il tourna la tête de droite à gauche pour s'assurer qu'aucune oreille indiscrète ne s'intéressait à leur conversation. Il redoutait par-dessus tout les plaintes que ne manquait pas d'adresser la Section érotique en cas d'erreur de calcul. Le secrétariat qui dirigeait ses activités comptait parmi les plus tatillons, les plus procéduriers. Et pour cause. Sur Terre, on acceptait volontiers la maladie, on se résignait toute honte bue à subir bombardements et famines, bref on courbait docilement l'échine sous les pires des avanies, mais s'il était un sujet à propos duquel la clientèle se montrait intraitable, c'était bien l'amour. Le plus humble, le plus obscur, le plus stupide des humains en réclamait sa part pleine et entière. Il vérifiait scrupuleusement ses relevés de chance de rencontre-et-plus-si-affinités, et ne manquait pas de récriminer tant et plus en cas de défaillance des services concernés ; aussi la Section érotique prenait-elle soin de justifier le moindre de ses faits et gestes. A tous il était offert de croiser la route de l'âme sœur, ne serait-ce que furtivement. Certains saisissaient la chance à bras-le-corps, d'autres – la majorité – passaient à côté sans même s'en rendre compte, mais, à l'heure du bilan, personne ne pouvait se plaindre. Chacun avait été servi loyalement.

– Je vais démissionner, balbutia Aristide, les larmes aux yeux.

– Allons donc, pour une si petite erreur ? Non, je ne veux pas entendre parler de bavure, ça n'existe pas chez Moi, pour-

suivit Monsieur Hasard. Alors écoutez, vous allez vous débrouiller comme vous l'entendez, vous reprenez ce dossier à la base et vous trouvez une solution ! Au cas où…

– Victor et Léa ? Mais c'est impossible !

– Pas le savoir ! trancha Monsieur Hasard, sans attendre la suite. Puisque selon vous Léa doit rencontrer Victor à la suite d'une défaillance de Mes services, tant qu'à faire il faut que cela fonctionne. Coûte que coûte, quel que soit le cas de figure ! La Maison est suffisamment décriée comme ça pour qu'on en rajoute. Motard ou pas, je me moque de la rue Cambon. Vous venez m'importuner avec deux adolescents des années soixante-dix, aux caractéristiques tout à fait banales ! Ni l'un ni l'autre ne décrochera un prix Nobel ou ne deviendra chef d'État, que je sache ?

– Certes, mais tout de même, en cas de…

– Silence ! J'ai mal à la tête. Je suis débordé de travail ! J'ai des guerres, des épidémies, des cyclones à mettre en branle, alors croyez-moi, je n'ai pas de temps à perdre avec des futilités. Compris ? Je vous donne carte blanche. C'est à vous de faire preuve d'imagination : je vous rends personnellement responsable de la suite des opérations. Il doit bien y avoir un moyen de maquiller le cours des événements pour que les contrôleurs de la Section érotique n'y trouvent rien à redire. Je les ai déjà eus sur le dos à plus d'une reprise, croyez-moi, ce n'est pas une sinécure !

– Mais comment faire ? murmura Aristide, atterré.

Monsieur Hasard leva les bras vers le plafond du hangar et les maintint suspendus au-dessus de sa tête, dans une attitude qui lui était familière et n'augurait rien de bon pour ses assistants.

– Nous sommes placés devant le fait accompli, par votre faute ! Alors remontez dans le temps, cherchez la faille, bricolez

comme bon vous semble. Victor et Léa doivent se rencontrer? Fort bien! Balisez le terrain! Trouvez-leur des points communs, des affinités, qu'ils aient quelque chose à se dire de gentil, d'agréable au moment du contact! Lubrifiez l'engrenage, mon petit, lubrifiez-le! En cas d'échec, vous serez muté aux Déchets, vous savez ce que ça signifie?

Aristide Lachésis hocha humblement la tête. Les Déchets regroupaient les employés des différentes Sections qui s'étaient fourvoyés à monter des engrenages aberrants. L'un d'eux, parmi les plus atteints, avait programmé la trajectoire d'un boulet de canon qui devait tuer le jeune général Bonaparte alors qu'il menait l'assaut au pont d'Arcole. Si l'on avait suivi ses directives, le futur Napoléon eût été rectifié et l'Empire n'aurait jamais vu le jour! Tel autre, guère plus raisonnable, s'était intéressé aux oscillations d'une vague tuile branlant sur son support, perchée sur le toit d'un immeuble de Zurich au cours de l'année 1917. Le malheureux avait imaginé que ladite tuile, chutant d'une vingtaine de mètres de hauteur à la suite d'une saute de vent, fracasserait le crâne de Vladimir Ilitch Oulianov, alias *Lénine, au moment même où celui-ci s'apprêtait à quitter son exil suisse pour rejoindre Petrograd et publier ses* Thèses d'avril. *La Révolution russe en eût été effacée en un clin d'œil.*

Les pensionnaires des Déchets étaient condamnés, ad vitam æternam, *à procéder à une démonstration de leurs talents fourvoyés devant les apprentis des différentes Sections, afin de les mettre en garde contre toute tentation fantaisiste.*

– Allez, rompez! conclut Monsieur Hasard. Travaillez d'arrache-pied et venez me rendre compte de temps à autre! Tenez, voilà votre ordre de mission. Consacrez-vous uniquement à cette affaire!

Il parapha un formulaire sorti d'une des poches de sa blouse et poursuivit son chemin. Aristide s'éloigna à reculons, effaré, en effectuant force courbettes.

*

Le motard avait disparu. Évanoui dans le décor, comme englouti par le nuage de gaz craché par son pot d'échappement. C'était fini, on ne le verrait jamais plus. Victor n'y pouvait rien. Et Léa encore moins. Elle ne l'avait même pas vu, ce motard. Non pas par distraction, mais tout simplement parce qu'elle se trouvait très loin de la rue Cambon, le 21 juin 1973, aux environs de seize heures.

Assise sur un banc de bois, en short, chemisette et bottes de caoutchouc, elle faisait face à des centaines de dindons, dans un immense hangar servant de poulailler, au kibboutz Regavim, près de Césarée, où elle vivait depuis près d'un an. Un à un, bête après bête, dans un grand froissement de plumes, elle raccourcissait le bec de ces volatiles pour éviter qu'ils ne se blessent les uns les autres à force de chamailleries : le dindon est un animal qui ne brille pas par son extrême sociabilité. A l'aide d'un fil thermique, Léa les délestait de quelques millimètres de corne superflue en s'efforçant de ne pas les blesser. Il fallait tenir fermement le cou de la bestiole durant l'opération, viser juste, régler la résistance pour qu'elle ne chauffe pas trop. Les dindons à l'allure disgracieuse glougloutaient d'abondance, agitaient leur crête écarlate en attendant leur tour de se soumettre au supplice et provoquaient ainsi un vacarme tel que, même en tendant l'oreille, avec la meilleure volonté du monde, non, vraiment, Léa n'aurait pu entendre la moto qui pétaradait en remontant la rue Cambon, là-bas, à Paris, à trois mille kilomètres plus haut sur la mappemonde, direction nord quart nord-ouest.

*

Retour à la case départ. Le tube Citroën piloté par Philippe venait d'emboutir la baraque de chantier, rue Cambon. Victor, incrédule, fixait sa plaie, à la saignée du coude. D'un mouvement de l'épaule, il ramena son bras à l'intérieur de la cabine de la camionnette, et récolta quelques éclats de verre au passage : la vitre latérale avait éclaté durant la collision. Victor ne ressentait aucune douleur. Il se tourna vers Philippe, qui restait totalement désemparé, les mains crispées sur son volant. Le sang lui avait éclaboussé le visage. Victor comprit qu'une artère était atteinte. Que le sang allait s'échapper, à flots réguliers, qu'il risquait gros à rester inerte. De la main gauche, il saisit son poignet droit, plia l'avant-bras blessé, à fond, et sentit la poussière de verre qui s'incrustait dans la chair à vif. Il ne restait plus qu'à trouver le point de compression dans le creux axillaire. A y enfoncer le pouce, avec force. Victor avait suivi un cours de secourisme, six mois plus tôt, à la fac. La leçon était retenue. D'un coup de genou, il ouvrit la portière de la camionnette, qui ballottait sur son axe, cabossée, fracassée. Il était effrayé par ce qu'il fallait bien appeler son sang-froid. Curieuse expression. Alors qu'il sentait bien au contraire une tiédeur poisseuse inonder son torse. Il descendit sur le trottoir de la rue Cambon, à l'intersection avec la rue du Faubourg-Saint-Honoré, et resta quelques instants ainsi, prostré, campé sur ses deux jambes, vêtu de son tee-shirt, de son jean souillés de peinture et de sang, incrédule. La main gauche crispée sous son aisselle droite, les deux bras repliés sur la poitrine. Ses tempes battaient le tocsin. Toujours aucune douleur. Il s'assit sur le trottoir. Ses baskets barbotaient dans l'eau du caniveau, s'en s'imprégnaient. Les secondes s'égrenaient, une à une. Il lui sembla que le temps se fendillait, s'émiettait. Comme les éclats de verre éparpillés sur le bitume.

Philippe, cet imbécile, ne s'était toujours pas manifesté. Victor n'avait pas mal, mais il avait peur. Philippe se ressaisit enfin. Il s'accroupit, agrippa son copain par les épaules, lui demanda s'il se sentait bien. Judicieuse question. Puis il fonça vers une borne d'appel d'urgence de la police, ces curieuses sentinelles de fonte trapues qui ont aujourd'hui disparu, mais qui à l'époque se dressaient à tous les carrefours.

Soudain, la rue Cambon, jusqu'alors quasiment déserte, s'emplit d'un flot de gens, quelques dizaines de personnes, qui sortaient d'une église située au coin de la rue Saint-Honoré. L'église polonaise de Paris. Victor entendit nettement la musique de l'orgue, la mélodie du cantique. C'était l'heure de la fin des vêpres. Une jeune femme le fixa avec attention. Elle aperçut la camionnette au pare-brise rougi par le sang, Philippe qui tournait en rond affolé au beau milieu de la chaussée, le bras de Victor. Elle portait une sacoche de cuir assez volumineuse. Elle était infirmière. Victor obéit à ses ordres. Il se laissa aller en arrière sur le trottoir, s'y retrouva étendu. Les mains de la jeune femme s'activèrent. Elle posa un garrot, versa sur la plaie un liquide blanchâtre qui se mit à mousser. Elle parlait un français parfait, avec une légère pointe d'accent slave. Victor avait confiance.

C'est alors que la douleur arriva. Impatiente, elle avait du temps, une minute maximum, à rattraper. Hargneuse, elle présenta aussitôt la facture. Exigea son dû. Victor se cabra, allongé sur le trottoir. Une sirène retentit, celle d'un car de

Police-Secours qui surgit rue Saint-Honoré. Victor entendit à peine Philippe gueuler contre le brigadier qui voulait le faire souffler dans un ballon d'Alcotest au lieu de s'occuper de son copain. Il obtint gain de cause, grâce à l'infirmière polonaise qui se mit, elle aussi, à pester contre les flics.

*

Dans le car de Police-Secours qui fonçait vers l'Hôtel-Dieu, le brigadier put enfin constater que l'Alcotest de Philippe se révélait négatif. Jugulaire, jugulaire, tout était réglo, le gradé avait fait son boulot. Victor était ballotté par les secousses, les coups de frein. Les flics ne disposaient d'aucun matériel médical approprié. Pour éviter les chocs, ils s'étaient contentés d'installer le bras du blessé sur un ballot de tissu d'origine douteuse. Le brigadier demanda les papiers des deux jeunes gens. Avant le départ pour l'hôpital, Philippe avait récupéré dans la camionnette accidentée un sac de sport appartenant à Victor. Il s'apprêta à y fouiller, à la recherche d'une carte d'identité, mais le brigadier interrompit son geste et se saisit du sac, qu'il vida. Il y trouva pêle-mêle un jean et un tee-shirt de rechange, mais aussi, mais surtout, un casque, un foulard, une paire de protège-tibias, un flacon de collyre, un citron, une coquille de judoka, des gants. Et la carte d'identité, dans un étui de plastique, avec un billet de cinquante francs. Malgré la douleur, Victor ne put s'empêcher de sourire devant son regard soupçonneux. Depuis 68, le casque et les gants faisaient partie de la panoplie de base du manifestant gauchiste. Le flacon de collyre et le citron, idem, destinés à lutter contre les effets dévastateurs des gaz lacrymogènes. Quant à la coquille et aux protège-tibias, de tels ustensiles témoignaient sans appel de l'ardeur assez belliqueuse du propriétaire du sac, de sa volonté de se préparer à la castagne. La sirène du car retentit. Le brigadier resta muet. Si Victor n'avait autant souffert, il aurait trouvé la situation plutôt cocasse. Le car de la PS se gara devant l'entrée des urgences de l'Hôtel-Dieu.

De l'autre côté de la Seine, tout près, à la Mutualité, les nazillons d'Ordre nouveau s'apprêtaient à tenir un meeting contre l'immigration sauvage, un des thèmes récurrents, obsessionnels, de leur croisade pour la défense de l'Occident chrétien. La Ligue communiste, une organisation trotskiste dont Victor était un fervent militant, se préparait à la contre-offensive. Un peu partout dans Paris, de petits groupes d'activistes s'étaient donné rendez-vous. Avec chacun un sac. Qui contenait un casque, une paire de gants, un flacon de collyre, un citron. Une carte d'identité. Un billet de cinquante francs pour pouvoir commencer à cantiner en cas d'arrestation. Et pour les plus prévoyants, les plus intrépides, une coquille et une paire de protège-tibias. Ces petits groupes allaient se fondre en un cortège unique à partir du carrefour des Gobelins, pour se diriger vers la vénérable Mutu. Des cocktails Molotov et des barres de fer étaient dissimulés dans des baraques de chantier, des caissons des services de la voirie, tout le long du parcours. Il avait fallu bien des ruses, des repérages, des réunions, des ordres et des contrordres pour arriver à un tel résultat, pour que chacun se voie attribuer son rôle, sa place dans le dispositif. Pour que tout soit au point. En 1973, il était insupportable aux yeux de Victor et de ses amis que l'extrême droite raciste parade en toute impunité au cœur de la capitale.

*

Des heures qui suivirent son arrivée à l'Hôtel-Dieu ce soir du 21 juin 1973, Victor n'a gardé qu'un souvenir très flou. Juste une image du ballet de blouses blanches qui se succédèrent à son chevet. Il se réveilla vers minuit, dans une chambre contenant quatre lits. Sonné par l'anesthésie. Allongé sur le dos, son bras blessé enrubanné d'un énorme pansement d'où sortaient quantité de drains destinés à aspirer les mucosités échappées de la plaie. Il n'avait plus mal. A ses côtés, sur un lit mitoyen, un petit vieux râlait. En italien. Victor ne parlait pas un mot de cette langue mais les adresses à la Madone, les suppliques, les prières, les jurons énoncés d'une voix cassée par la douleur se passaient de sous-titrage. Ignorant les souffrances de son compagnon de chambre, Victor, encore groggy, fixa toute son attention sur l'agitation qui s'était emparée de l'Hôtel-Dieu, cette nuit-là. Cavalcade dans les couloirs, sonneries d'alerte, éclats de voix des infirmières de garde. Sur les quais tout proches, la fiesta contre les crânes rasés de l'Ordre nouveau battait son plein. Les cocktails Molotov n'avaient pas été préparés en vain. Les blessés affluèrent. Victor entendit très nettement l'éclat des grenades lancées par les CRS, les cris. Il lui sembla que l'affrontement était de grande ampleur. Que ça chauffait, là-bas, aux abords de la Mutu, voire de l'autre côté de la Seine, rue des Lombards, au siège d'Ordre nouveau. Durant les réunions de préparation, le plan de bataille avait été longuement détaillé. Victor enrageait de s'être fait coincer dans cet accident stupide La perfusion contenait sans doute quelque somnifère, aussi finit-il par sombrer.

Loin, très loin de l'Hôtel-Dieu et de la rue des Lombards, après toute une journée occupée à trancher le bec de ses dindons dans le hangar à volailles du kibboutz Regavim, près de Césarée, Léa dormait tout son saoul, épuisée.

*

A la suite de son entrevue avec Monsieur Hasard en personne, Aristide Lachésis avait regagné ses pénates, un bureau exigu situé dans un bâtiment voisin de la salle des fêtes des Hautes Autorités Aléatoires, là où l'on donnait de temps à autre une réception, quand la Direction décrétait que le jeu en valait la chandelle. On avait ainsi célébré en grande pompe la découverte de l'Amérique par Christophe Colomb, la chute d'une pomme sur le crâne de Newton, la mise en évidence de la radioactivité par Pierre et Marie Curie, et d'autres babioles comparables. Mortifié à l'idée de se voir relégué aux Déchets, Aristide était passé à la bibliothèque et en avait rapporté quantité d'ouvrages qu'il entreprit d'étudier, un crayon à la main, dans l'espoir fou de mener à bien sa mission.

– Remontez dans le temps, cherchez la faille, avait dit Monsieur Hasard…

*

Sans le motard, jamais Victor n'aurait rencontré Léa. C'est une certitude. Une évidence. Mais après tout, est-ce bien ce motard inconnu, providentiel, qui doit porter *seul* la responsabilité de la rencontre ? Non. Il n'est que le dernier d'une longue liste d'intervenants, eux-mêmes mêlés à des événements dont ils ne mesuraient pas forcément la portée exacte, et qu'il serait tentant de mettre en abyme. Pourquoi commencer arbitrairement ce récit le 21 juin 1973 ? Et non pas, par exemple, le 30 juillet 1903 ? Pourquoi Paris au lieu de Bruxelles où s'ouvrit ce jour-là, en catimini, le second congrès du Parti ouvrier social-démocrate de Russie ? Oui, pourquoi pas ? L'hypothèse n'est pas si tordue qu'il y paraît au premier coup d'œil. La rencontre de Léa et de Victor découle en partie de ce conclave secret, conspiratif. Ce congrès n'est pas anodin. Ni pour Victor ni pour Léa, certes, mais bien au-delà. Ses conséquences ont pesé assez lourd dans l'histoire du siècle qui s'achève. Les débats qui s'y déroulèrent, ces débats auxquels participèrent quelques messieurs barbus dont on ne possède même pas une photo de groupe, pourraient paraître totalement ésotériques. Ils étaient cinquante-cinq, les messieurs en question. Une belle poignée d'allumés qui s'étaient juré de faire la peau au régime tsariste, de conquérir le pouvoir depuis l'Oural jusqu'à Vladivostok. Et qui y sont parvenus. Des marginaux, des rêveurs. Des clandestins qui vivaient sous de fausses identités, poursuivis par l'Okhrana, la police politique du tsar, des proscrits toujours à mi-chemin entre l'exil à Londres, Paris, ou la déportation en Sibérie.

Oublions un moment Victor et Léa, la rue Cambon, le kibboutz Regavim, la date du 21 juin 1973. Transportons-nous dans le temps, dans l'espace, à Bruxelles, en 1903. Les délégués se retrouvent. Le POSDR n'est qu'un groupuscule à l'avenir incertain. Son leader s'appelle Lénine. Il dirige un journal confidentiel, l'*Iskra*, l'Étincelle. Les « sociaux-démocrates » regroupent quelques petits cercles militants, intellectuels pour la plupart. Ils cherchent à gagner en influence dans la classe ouvrière qui commence à se développer en Russie. Ces cercles ne représentent quasiment rien en regard d'une organisation de masse, rassemblant déjà, elle, des milliers de travailleurs. Le Bund, le Parti socialiste juif. Le Bund, composante parmi d'autres au congrès du POSDR de 1903, n'a droit qu'à… trois délégués, alors que n'importe quel minuscule comité local du POSDR dispose à lui seul de deux mandats ! L'infrastructure clandestine du Bund s'est pourtant chargée de l'acheminement de tous les délégués jusqu'à Bruxelles. Autant dire que sans le Bund le congrès ne se serait tout simplement pas réuni. N'auraient pu s'y rendre que les militants déjà exilés. C'est-à-dire Lénine et ses proches. Isolés, coupés des *masses* qu'ils entendaient mener à la bataille.

La question primordiale débattue lors de ce congrès concernait la nature du dispositif organisationnel à mettre en place. Groupuscule, le POSDR aspirait à devenir un véritable parti, mais de quel type ? Lénine opte pour une armée de révolutionnaires professionnels, ultra-centralisée, dirigée par un état-major omnipotent. Ses adversaires défendent au contraire l'idée d'une fédération d'organisations libres de leurs décisions, coordonnant de façon bien plus souple leurs actions vis-à-vis du centre directeur. A l'issue du congrès de 1903, Lénine l'emporte. Il devient majoritaire, *bolchevik*, en russe. Ses détracteurs deviennent minoritaires, c'est-à-dire *mencheviks*.

A ce congrès, le Bund revendique le droit de représenter la classe ouvrière juive, ès qualités. A défaut d'un territoire national, il existe une langue – le yiddish –, une culture affirmée, des traditions multiséculaires, les délégués du Bund pensent que cela suffit pour affirmer la spécificité de leur organisation dans la fédération qu'ils espèrent encore voir naître. Ce droit leur sera refusé. Lénine ne transige pas. Trotski, qui participe au congrès, non plus. Juive ou goy, la classe ouvrière est une, indivisible. Le Bund ne cède pas. De ce fait, il se condamne à rompre avec le POSDR. Rupture douloureuse. Dramatique. Certains délégués en ont les larmes aux yeux. Les représentants de la classe ouvrière juive de Russie, de Pologne, d'Ukraine vont désormais suivre leur propre chemin.

*

Parmi eux, un jeune homme fut particulièrement excédé par l'intransigeance des bolcheviks. Il s'appelait Boria Boroh'ov. Beer pour les intimes. Un personnage aussi important dans la vie de Victor et de Léa que le motard inconnu qui remontait la rue Cambon le 21 juin 1973 aux environs de seize heures.

Si Beer Boroh'ov fut à ce point choqué par l'attitude de Lénine au congrès social-démocrate qui s'était ouvert le 30 juillet 1903, c'est que, quatre mois auparavant, en avril, l'opinion internationale avait été frappée de stupeur, d'indignation, à la suite d'un pogrom survenu à Kitchinev, en Bessarabie. Quarante-sept morts, six cents blessés. Le pogrom de Kitchinev marqua une rupture, un tournant dans l'attitude de la communauté juive à l'égard de ses tortionnaires. Ce n'était pas le premier pogrom, et ce ne fut pas le dernier. Mais, à la suite de cette tuerie, le Bund se décida à organiser des milices d'autodéfense. Révoltés par le pogrom de Kitchinev, certains délégués bundistes qui arrivaient à Bruxelles pour débattre avec Lénine de l'avenir du POSDR avaient une question à poser, une petite question, pas théorique, mais bien concrète. Une question à cent kopecks : les pogromistes n'étaient-ils pas, par hasard, en partie recrutés parmi les travailleurs sociaux-démocrates russes avec lesquels les bundistes espéraient édifier un monde fraternel ? Dans l'hypothèse d'une réponse affirmative, était-il encore possible de croire au socialisme après Kitchinev ? Le jeune Boroh'ov ironisa sur l'efficacité de la propagande révolutionnaire en milieu russe. « A la honte éternelle de la social-démocratie russe, il faut dire que ces ouvriers pogromistes ont été exposés à l'agitation sociale-démocrate. Elle est fameuse, la propagande éducative ! Quel succès ! Quels résultats merveilleux ! » écrivit-il. A ses yeux, désormais, il n'y avait plus qu'une seule issue. Le départ des Juifs. Où ça ? Ailleurs. N'importe où pourvu qu'ils puissent y vivre en paix, en sécurité. En Ouganda, ainsi que le projetaient alors les sionistes officiels, avec le plus grand sérieux. Pourquoi pas ? Boroh'ov rejoignit très vite les rangs du Poalé-Tsion, les « ouvriers de Sion », de petits groupes influencés à la fois par le rêve sioniste et la théorie marxiste. Oui, les Juifs devaient partir, mais pour bâtir une société so-cia-lis-te. Dans de petites unités de production où l'on mènerait une vie collective, les kibboutzim. En quelques années, le projet se concrétisa. Le haut état-major sioniste abandonna l'idée d'une installation en Ouganda, pour choisir *in fine* la terre de Palestine comme point de chute.

Un mouvement inspiré par les singulières cogitations de Beer Boroh'ov naquit un peu plus tard. Le Dror. *Liberté*, en hébreu. Il fallait bien parler hébreu, n'est-ce pas, puisqu'il s'agissait de revenir s'établir sur la terre d'Abraham. Quittée deux mille ans plus tôt. Le Dror. Un mouvement sioniste-socialiste auquel Léa adhéra à la fin des années soixante, et qui la conduisit à émigrer en Israël, au kibboutz Regavim, près de Césarée. Pour y trancher le bec des dindons.

*

Aristide Lachésis avait passé une nuit entière à marteler le clavier de sa vieille Underwood afin de consigner sur papier les premiers éléments relatifs à son enquête concernant le dossier

Victor/Léa. Il comprit qu'il n'était pas au bout de ses peines. Une petite secrétaire de la Section linguistique qui déchiffrait sans peine le russe, le polonais et le yiddish et qu'il lui arrivait de lutiner dans les ascenseurs lui avait été d'un grand secours, mais le compte n'y était pas…

*

30 juillet 1903, Bruxelles. 21 juin 1973, Paris. La rencontre inattendue de Victor et Léa. L'aboutissement d'une longue chaîne d'événements. Est-ce vraiment à Paris ou Bruxelles, en 1973 ou en 1903, que leur histoire a commencé ? Non, à y regarder de plus près, sans la tirer par les cheveux, c'est en Pologne, en 1946, qu'elle a vraiment pris forme, l'histoire de Léa et de Victor. A Kielce. En Pologne. Inutile de tergiverser, d'égarer le lecteur dans des digressions vaseuses à propos de bolcheviks pittoresques et barbus ou de motard imprudent, le point de départ, le vrai, à coup sûr, c'est Kielce. Sans Kielce, Victor n'aurait jamais rencontré Léa. Victor et Léa n'étaient pas encore nés, en 1946. Ils n'étaient qu'une vague hypothèse dans la cervelle de leurs parents respectifs. De purs esprits qui flottaient dans le vide. Ils ne prendraient chair que huit ans plus tard, en 1954.

Kielce, Pologne, 1946. Des milliers de fantômes erraient en tous sens. Hébétés, perdus. A la recherche des vestiges de leur vie antérieure à jamais saccagée. Les Polonais n'avaient rien appris de cinq ans d'occupation nazie. Rien. Les souffrances qu'ils avaient eux-mêmes endurées ne leur servirent pas de leçon. Un pogrom éclata à Kielce, en *1946.* Il y en eut d'autres, en Pologne, durant l'été 46. A Cracovie, Chelm, Rzeszow… mais ce fut celui de Kielce qui provoqua le choc dans les consciences.

Une vague rumeur courut la ville selon laquelle les *youpins* avaient enlevé des enfants polonais pour leur voler leur sang. Toujours la même histoire du crime rituel. La foule – employons plutôt le vilain mot de populace, il est ici totalement justifié – attaqua une maison située rue Planty, une maison où avait trouvé asile une poignée de rescapés d'Auschwitz, de Maïdanek, de Treblinka. Accusés de saigner les enfants chrétiens. La populace se défoula. Un nom, un seul, celui de Golda Plotno, enceinte de sept mois, qui eut le ventre transpercé d'un coup de baïonnette. Elle survécut mais perdit son enfant. Kielce. Quarante-deux morts, des dizaines de blessés. Et partout en Pologne, des attaques de trains de réfugiés juifs, des femmes et des enfants défenestrés, assassinés. De la communauté juive d'avant-guerre, il ne restait que cinquante mille survivants. C'était encore trop. Les Polonais s'acharnèrent sur eux. Le climat de terreur qui s'abattit sur les rescapés et culmina avec le pogrom de Kielce incita les survivants à quitter le pays, peu à peu. Ce que firent Moszcek et Frania, les futurs parents de Léa, en 1948. Ils étaient en route pour la Palestine. Il y eut une escale à Paris. Arrivés gare de l'Est, ils furent pris en charge par un officier du Joint, l'organisme d'entraide américain. Ils ne quittèrent pas la France et, après quelques mois d'errance d'hôtel en hôtel, s'installèrent dans un petit appartement de la rue Labat, dans le XVIIIe arrondissement.

Ils revenaient de loin, de très loin. Avant la guerre, Frania, fille de rabbin, vivait à Niemirov, un *shtetl* perdu au fin fond de la Galicie, et Moszcek, fils de boulanger, à Cestochowa. Dès le partage de la Pologne entre l'Allemagne hitlérienne et l'Union soviétique, Frania fut déportée par les Russes dans un sovkhoze du Kazakhstan. Quant à Moszcek, fuyant les nazis, il rejoignit volontairement la zone contrôlée par les Soviétiques. Aussitôt accusé d'espionnage, il atterrit dans un camp du Goulag. Un an plus tard, il bénéficia d'une amnistie et fut libéré. Il parcourut des milliers de kilomètres, descendit le fleuve Amour-Daria sur un radeau, traversa l'Ouzbékistan et échoua dans le sovkhoze où travaillait Frania. Mobilisé dans l'Armée rouge, après une campagne éclair dans le Caucase, il participa à la bataille finale, la prise de Berlin.

Ce fut dans un wagon à bestiaux que Moszcek et Frania regagnèrent la Pologne, leur pays natal, pour y constater que leurs « compatriotes » ne demandaient qu'à massacrer les survivants.

Sans le pogrom de Kielce, Victor n'aurait jamais rencontré Léa.

*

Aristide Lachésis sentit ses paupières s'alourdir. L'aube se levait sur l'immense usine tournant aux trois/huit où les milliers d'employés de Monsieur Hasard s'épuisaient à la tâche. L'équipe de nuit sortante pointait au portail, multitude hagarde. Elle croisait en chemin la relève pimpante du matin, tous ces orfèvres de l'incertitude, ces virtuoses de la contingence, chacun sa musette en bandoulière. Aristide frotta ses yeux rougis de fatigue, coiffa son Underwood d'une housse de plastique et étouffa les braises du samovar qui ronronnait dans la pièce, avant de s'allonger sur un canapé. Les pièces du dossier Victor/Léa gisaient éparses autour de lui. Il les feuilleta, à moitié découragé.

Cette histoire de congrès bolchevik, de pogroms, de départ de pionniers pour la Terre promise n'était qu'un rideau de fumée qui ne parviendrait jamais à tromper la vigilance des limiers de la Section érotique. Dès qu'ils déposaient un dossier au contentieux, ils épluchaient jusqu'à la moindre saute de vent sur les lieux de la rencontre, mettaient en équation les effluves de senteur de rose, de jasmin ou de tout autre végétal susceptible de titiller le sens olfactif des sujets concernés, exigeaient le compte rendu exact des mensurations des partenaires, auditionnaient la bande sonore en cas d'accompagnement musical, bref, il était inutile de jouer au plus malin avec eux. Aristide s'extirpa à grand-peine de son canapé, se servit un petit verre de vodka à l'herbe de bison et régla le viseur de sa lunette téléchronoscopique sur le Paris des années soixante…

*

1965. Victor entra en classe de cinquième au lycée Charlemagne, dans le Marais, Léa en sixième au lycée Jules-Ferry, près de la place Clichy. *Rosa, rosa, rosam, rosæ, rosis, rosis*, ils se retrouvèrent brusquement promus latinistes et en furent tout étonnés. Ils allaient vite s'habituer aux mots en *-iste*.

Le soir, à l'heure de boucler les devoirs, ils ne rataient pas le rendez-vous quotidien de *SLC, Salut les copains*, sur Europe 1. Ils écoutaient cette musique hérétique sur de petits transistors, tout en suant sur le manuel d'allemand de la collection Spaeth & Real, à la couverture vert et noir, comme tous les collégiens de cette époque. Avec son *must*, le poème de la *Lorelei*, de Heine. *« Ich weiss nicht, was soll es bedeuten, dass ich so traurig bin ? Ein Märchen aus alten Zeiten, das kommt mir nicht aus dem Sinn. »* Heine, c'était très fort, très beau, très *Sehnsucht*, mais sur *SLC* les Beatles chantaient *« She loves you yeh, yeh, yeh, yeh »*, ou encore

« *I want to hold your hand* ». Et cela ne supportait pas la comparaison.

Victor habitait rue de la Roquette, dans le XIe. Tous les matins, il la descendait à pied jusqu'à la Bastille, puis longeait la rue du Faubourg-Saint-Antoine jusqu'à Saint-Paul. Avec son cartable alourdi par le Gaffiot, ce redoutable dictionnaire latin-français à l'origine d'innombrables scolioses. Tous les matins, Léa traversait les rues du bas de Montmartre en direction du pont Caulaincourt, avec le même Gaffiot en bandoulière. C'était leur seul point commun.

Victor et Léa n'ont conservé que quelques vagues souvenirs de leur vie quotidienne au début des années soixante. Ne restent que quelques flashes de vacances. Lacanau-Océan, Biarritz, Quiberon. La saveur douceâtre des Gelatti Motta, ces glaces à l'italienne qu'on leur offrait au retour de la plage. Les concours de châteaux de sable. La 404 du père de Victor, avec ses pneus à flancs blancs. La petite jupe en raphia tressé de Léa, ses nattes blondes. Son papa qui lui parlait souvent de Vashka, le chameau qui lui servait de monture, lors de sa guerre dans le Caucase ! L'atelier de confection des parents de Léa, rue du Faubourg-Saint-Martin. Les ballots de tissu qu'on y livrait, le ronron des machines à coudre, des surjeteuses. Léa, assise en tailleur sur une grande table où l'on entassait l'ouvrage, révisait ses leçons en mâchonnant son pain au chocolat, à la sortie des cours.

Les parents de Victor, eux, ne faisaient pas dans le *shmates*. Sa mère était gardienne d'une école communale, son père mécanicien. La loge de gardienne était assortie d'un petit logement de fonction. Victor n'échappait pas à l'école. Il y vivait vingt-quatre heures sur vingt-quatre. Durant toute son enfance, il eut comme terrain de jeu les deux cours de récréation – celle des filles, celle des garçons

– qui lui paraissaient immenses une fois vidées de leurs occupants. Un vaste domaine à parcourir à vélo, en voiture à pédales ou sur des patins à roulettes. En solitaire.

*

Charlemagne et Jules-Ferry. Victor et Léa y rencontrèrent toute une galerie de profs qui avaient sans doute entendu, un jour peut-être, prononcer le mot *pédagogie*, sans éprouver le besoin d'en vérifier le sens dans le premier dictionnaire venu. Tristes après-midi du mois de novembre, où la pluie froide dégoulinait sur les vitres des salles de classe. Avec un acharnement méritoire, Victor et Léa apprenaient à devenir nuls en maths. L'algèbre venait les tourmenter, avec son cortège lugubre de zéros pointés. Et le *De viris illustribus Romæ* de la classe de latin, ses verbes déponents, ses supins, ses gérondifs…

Et puis il y avait les dimanches. Dans le minuscule appartement de la rue Labat, les parents de Léa recevaient leurs amis, Emil, Natka, Heniek, Sarenka, Sosha, Krischa, Malcha. Des survivants, tout comme eux. On parlait yiddish, polonais, on buvait du thé au citron, on mangeait du *keiskichen*, le gâteau au fromage, ou du strudel au pavot, achetés au *pletzl* de la rue des Rosiers, on jouait au rami. On parlait de la Pologne d'avant-guerre. Des amicales qui regroupaient les rescapés originaires d'une même ville, d'une même région. Des familles éparpillées aux quatre coins du monde à la suite du cataclysme. D'Israël où vivaient des frères, des sœurs…

Léa s'évadait fréquemment avec Liliane, une amie du lycée, pour écouter les disques de Jacques Brel, de Barbara, des Beatles. Quand il faisait beau, elle filait en forêt de Pontoise, avec Liliane et les parents de celle-ci. Les deux gamines sillonnaient à vélo les allées ombragées, ou se livraient aux joies de la pêche à la ligne dans les étangs. Parfois aussi, Léa se rendait aux patronages du FOJ, le Foyer ouvrier juif, qui organisait des sorties collectives, des jeux, des séances éducatives. Le FOJ partageait avec d'autres associations juives des domaines situés à la périphérie de Paris, aux Andelys, à Verberie. Dans l'immédiat après-guerre, on y avait accueilli les enfants rescapés des camps nazis.

Le dimanche, Victor allait au cinéma. Avec ses parents. C'était un rituel immuable. Qui produisait des souvenirs en Technicolor. *Le Jour le plus long, Les Canons de Navarone, La Grande Évasion,* voilà les films qui faisaient rêver Victor, le dimanche soir, quand il s'apprêtait à s'endormir en s'efforçant de ne pas penser au foutu cours de maths du lendemain matin. Steve Mac Queen, John Wayne, Gregory Peck, Dieu que la guerre était jolie, revisitée par Hollywood. Pour prolonger ces moments d'émotion, Victor passait tous ses jeudis après-midi à la bibliothèque municipale du XIe arrondissement. Il délaissa la collection des Contes et Légendes, Jules Verne, Alexandre Dumas, Bob Morane, Fantomas, toutes ces gamineries, pour le rayon spécialisé dans les ouvrages d'histoire de la Seconde Guerre mondiale. En quelques mois, il devint incollable sur les batailles d'El Alamein, de Stalingrad, sur l'opération Overlord, la prise de Berlin, l'invasion de la Pologne puis de la Russie, Guadalcanal, Monte-Cassino. Il avalait tout, en vrac, les V1, les V2, les péniches de débarquement américaines, les tanks Sherman, les Panzers, les Stukas de la Luftwaffe, les Spitfire de la RAF. Il mémorisait avec une application sans faille quantité d'anecdotes sans importance, se gavait de plans d'offensive avec des flèches indiquant les mouvements de corps d'armée, reconstruisait toutes les images une à une, dans sa tête, fasciné. Il connaissait les noms des principaux généraux en lice, von Rundstedt, Rokossovsky, Eisenhower, Montgomery, Rommel, Guderian, Patton, Von Paulus, MacArthur, Leclerc, Rudnikov, Von Choltitz. En 1965, la plupart de ces personnages étaient encore de ce monde.

*

Avec acharnement, Aristide Lachésis pistait Victor jusque dans le moindre de ses déplacements. Le point faible, c'était Victor. C'était lui qu'il fallait conduire jusqu'à Léa et non pas l'inverse. Mozscek, le père de Léa, s'était permis de descendre en radeau un fleuve nommé Amour pour partir à la rencontre de Frania, sa future femme. C'est dire si, de ce côté-là, on avait déjà suffisamment donné. Autant ne pas forcer la dose, surenchérir dans l'excentricité, les bureaucrates de la Section érotique ne l'auraient pas supporté.

Une petite main du Service, émue par son désarroi, lui fit parvenir la liste des ouvrages disponibles au rayon Seconde Guerre mondiale de la bibliothèque municipale du XIe arrondissement, après en avoir consulté le fichier. Il l'étudia attentivement, à l'affût de la moindre piste.

– Ce coup-ci, il y a peut-être un espoir! s'écria-t-il, ragaillardi.

Il empocha les feuillets transmis par la petite main, fonça illico presto à l'Usine, bouscula les contremaîtres qui surveillaient les entrées des ateliers et grimpa directement jusqu'au bureau de Monsieur Hasard.

– Alors, mon vieux, où en êtes-vous? marmonna celui-ci, plongé dans ses registres.

– Je ne vous cache pas que le dossier Victor/Léa me donne

bien du fil à retordre, concéda Aristide, mais si vous voulez bien jeter un coup d'œil sur cette fiche ?

Monsieur Hasard chaussa ses bésicles et parcourut le document.

– Eisenhower, Montgomery, Rommel, Guderian, Patton, von Paulus, marmonna-t-il, eh bien, il n'y a là que des affaires classées, où voulez-vous en venir ?

– La page suivante, insista Aristide.

– Ah oui, je vois, acquiesça Monsieur Hasard.

– Il me faut une autorisation, je dois me rendre sur Terre de toute urgence.

– Vous y allez fort…

– Puis-je me permettre de rappeler que tout va commencer par une bavure, le 21 juin 1973, un motard remontant la rue Cambon à la suite d'une erreur ? Le protocole d'intervention m'autorise en pareil cas à effectuer un réglage avec effet d'antériorité !

– Article 118 alinéa 4. Exact. Vous êtes obstiné, mon petit Aristide, et dans la bouche de Monsieur Hasard, croyez-moi, il s'agit d'un compliment. Soit. Allez vous promener sur Terre à votre guise. Je vous fais tout de suite délivrer un sauf-conduit.

*

Tout au bout de ce rayon spécialisé dans l'histoire de la Seconde Guerre mondiale, d'autres livres attendaient Victor. Tapis sous une copieuse couche de poussière. Personne ne semblait s'y intéresser. Un jeudi après-midi très ordinaire, un petit homme boutonneux, malingre, porteur de lunettes à double foyer, farfouilla dans le rayon en y provoquant un désordre certain. C'en était à se demander s'il ne le faisait pas exprès. Il bouscula sans vergogne les volumes, bouleversa l'ordre de rangement alphabétique et finit par en faire chuter un sur le parquet. Victor se pencha pour le ramasser, le feuilleta. *Quand les Alliés ouvrirent les portes.* C'était le titre. Le personnage qui avait malencontreusement attiré l'attention de Victor sur cet ouvrage s'éloignait déjà vers la sortie, sur la pointe des pieds.

Ce fut une sorte de guet-apens, une embuscade. Une boîte de Pandore que Victor ne parvint jamais à refermer. Les bibliothécaires, attentives, prévenantes, pour ne pas dire affectueuses, froncèrent soudainement les sourcils au moment où il se présenta au guichet pour emprunter l'ouvrage au titre sibyllin. *Quand les Alliés ouvrirent les portes.* Pourquoi pas ? Un coup de tampon sur la carte d'abonnement, comme d'habitude, mais avec cette fois-ci une réticence quasi sournoise, un atermoiement à peine perceptible. Le pauvre petit, n'est-ce pas, n'allait-il pas être *choqué*? Rentré chez lui, il passa de longues heures à contempler le cahier-photos de ce livre. Et se familiarisa avec la multitude de ronds rouges éparpillés sur une carte de l'Allemagne. Ravensbrück, Neuengamme, Sachsenhausen, Dachau, Buchenwald... *« Ich weiss nicht was soll es bedeuten »*, vraiment ? Non, c'était tout le contraire : Victor commençait à comprendre ce que cela signifiait.

Dans le cartable surchargé, entre le Gaffiot et le manuel d'allemand de la collection Spaeth & Real, Victor trimbalait désormais d'autres livres. Il apprenait à toute vitesse. D'autres ronds rouges, sur une autre carte, bien plus vaste. Sobibor, Theresienstadt, Birkenau. A Charlemagne, il côtoyait des tas de copains juifs. Rien de bien surprenant, la rue des Rosiers, la rue de Turenne, se trouvaient à proximité immédiate. Entre deux chahuts, deux parties de morpion dans la salle de perm', il essayait de parler de ses lectures avec eux. A chaque fois qu'il abordait le sujet, les visages se fermaient. Victor, désemparé, ne comprenait pas les raisons de ce silence.

Il s'entêta, jeudi après jeudi, à feuilleter les ouvrages du rayon spécialisé, à la bibliothèque municipale du XIe arrondissement. Peu à peu, le brouillard s'éclaircissait. Les nazis étaient des salauds, des salauds absolus. Et la première tâche qu'ils s'assignèrent, avant même d'exterminer les Juifs, Victor le vérifia dans les livres, ce fut de briser le mouvement ouvrier. Les communistes. Leurs plus farouches ennemis. Victor se souvint de ses cours de maths. Pour une fois que ça servait à quelque chose, autant ne pas s'en priver ! « Les ennemis de mes ennemis sont mes amis. » Et inversement. Une formule algébrique. Implacable. Limpide. Si les nazis étaient les méchants, alors, forcément, les communistes étaient les gentils.

Les communistes, Victor les connaissait un peu, un tout petit peu. Ses parents étaient sympathisants du Parti. Quand ils en parlaient, ils disaient « le Parti », tout simplement. Il ne pouvait y en avoir d'autre, apparemment. A la maison, quand on recevait des amis, il y avait parfois des membres du Parti. Les parents de Victor les décrivaient comme dévoués, honnêtes, généreux, désintéressés. A Charlemagne, la Jeunesse communiste se montrait très active. La voie était tracée : en quatrième, durant l'année 1967, Victor se rendit à quelques réunions. La déception fut sévère. Les « copains de la JC » n'étaient pas disposés à répondre à ses interrogations à propos d'Auschwitz ou de Treblinka. Ce qui les préoccupait, les « copains de la JC », c'était le Vietnam. Une guerre exotique, lointaine. Victor n'y comprenait plus rien. L'armée américaine, qui, à peine vingt ans plus tôt, avait libéré Buchenwald, Dachau, Sachsenhausen, était soudain accusée d'atrocités abominables. Les héritiers de Patton, d'Eisenhower, qui avaient écrasé les nazis, et ouvert les portes, les portes des camps, se voyaient cloués au pilori, dénoncés dans les tracts de la JC. Le Pentagone lançait ses B-52 sur le Vietnam. Les bombes au napalm embrasaient les villes. Victor, perplexe, contemplait les images de ces raids, à la télé, entre fromage et dessert.

*

Juin 67. « *Homerus dicitur cæcum fuisse.* » On dit d'Homère qu'il était aveugle. Ou bien, subtile différence, « *Homerus dicitur cæcus fuisse.* » Accusatif ou nominatif? L'astuce résidait dans le *um* ou dans le *us*. *Cæcus* ou *cæcum*. Laquelle de ces désinences employer lors du prochain thème ? La grammaire latine n'en finissait plus de révéler ses infinies subtilités. Comme lors d'un strip-tease, un effeuillage savamment mis en scène. Un zéro ou un vingt sur vingt à la prochaine compo, tel était l'enjeu. A Charlemagne, le prof de latin de la 4e 1 s'évertuait à passionner la bande de potaches qui lui faisait face, quatre heures par semaine. Alors ? *Cæcus* ou *cæcum* ? Nominatif ou accusatif? Malgré toute sa bonne volonté, Victor commençait à trouver le temps long.

Il n'était pas le seul. Au fond de la classe, ses copains qui habitaient rue des Rosiers ou rue de Turenne se contrefoutaient de la cécité supposée de l'auteur de l'*Iliade*. Ils étaient euphoriques. Et pour cause. Leur héros, en juin 67, s'appelait Moshe Dayan. L'ironie du sort voulait qu'il fût borgne. *Cæcus, cæcum*, peu importe, aveugle, Moshe Dayan ne l'était qu'à moitié. Ce qui ne l'empêchait pas de marcher en tête des bataillons de Tsahal qui livraient le combat dans

Jérusalem pour reconquérir le mur des Lamentations. Et occuper des territoires jusqu'alors interdits, Gaza, la Cisjordanie, le Golan. Victor partageait l'enthousiasme de ses copains juifs. Le petit peuple d'Israël, encerclé par les armées arabes dix fois supérieures en nombre, leur colla une pâtée mémorable. Aux yeux de Victor, les soldats de Tsahal sortaient tout juste d'Auschwitz et s'étaient débarrassés du sinistre pyjama rayé pour endosser un battle-dress, chausser des rangers, empoigner un fusil. Ils ne courbaient plus l'échine, ils se battaient. Mieux encore, ils étaient vainqueurs. Juste retour des choses. Victor n'avait que treize ans. Pour lui, Israël, c'était la figure héroïque de Paul Newman, le noble combattant de la Haganah, dans le film *Exodus*, d'Otto Preminger. Manque de pot, les copains de la JC distribuaient des tracts pro-arabes. Comment ne pas y perdre son latin ? Sur *SLC*, Manfred Man chantait *No Milk Today*. Et les Stones *Paint it Black*.

*

Aristide Lachésis ne décolérait pas. L'initiative qu'il avait prise d'aiguiller Victor vers les ouvrages ayant trait à la Shoah n'avait abouti, en dernière instance, qu'à précipiter le jeune homme dans les bras de la Jeunesse communiste !

– Bravo, lui lança narquoisement Monsieur Hasard. Continuez comme ça et vous allez droit au fiasco. Je vous ai demandé de baliser le terrain au cas où la rencontre Victor/Léa – résultant de votre négligence – tournerait à l'histoire d'amour, et vous, vous allez vous balader sur Terre pour semer la zizanie ! N'oubliez pas que les parents de Léa ont eu à souffrir, et durement, des facéties des bolcheviks dont votre petit Victor commence à s'amouracher ! Un peu de bon sens, que

diable! Attention, si le dossier provoque un scandale, n'oubliez pas que vous serez le seul responsable!

*

Automne 1967. Victor entra en troisième. A Charlemagne, c'était tout un rituel. On quittait le « petit lycée » pour passer au grand, de l'autre côté de la rue. Dans la cour, on côtoyait les terminales, et, plus fort encore, de grands gaillards boutonneux vêtus de blouses blanches ornées de formules absconses ou de jeux de mots d'une profonde niaiserie : les maths sup ! Victor, dont l'allergie à l'algèbre confinait désormais à la pathologie, observait ces mutants avec une prudence mêlée d'effroi. D'autres créatures tout aussi mystérieuses hantaient cependant ses pensées : les filles... L'école communale n'était pas mixte, le lycée ne le fut pas davantage. Même en colo, on pratiquait une séparation rigoureuse.

Des filles, il en existait deux grandes réserves à quelques pas de la rue Charlemagne. Les lycées Victor-Hugo et Sophie-Germain. Elles s'y ébattaient en toute liberté, avec leurs nattes, leurs taches de rousseur et leurs jupes plissées. Elles étaient des centaines, ça paraissait incroyable, mais figurez-vous qu'on les croisait dans le bus, à la sortie du métro, dans les cafés des environs. Partout ! Pas moyen d'y échapper. En cours, on ne parlait que de ça. De la meilleure stratégie à adopter pour les aborder, des différentes tactiques, astuces et stratagèmes qui permettaient d'attirer leur attention. Entre deux pages du Gaffiot, du Spaeth & Real, on s'échangeait des photos pornos obtenues à l'aide de ruses de Sioux. Quoi qu'il en soit, la chasse était lancée. Il y avait les sprinters et les coureurs de fond. Les vantards, et les modestes, qui n'en pensaient pas moins mais pariaient sur la distance. Victor appartenait au second clan. Piano, pianissimo, telle était sa devise. Ce n'était pas parce que la branlette se pratiquait à toute vitesse qu'il fallait précipiter le plan de bataille. Confondre l'entraînement commando avec le baptême du feu. Du calme! Victor apprit par cœur les poèmes de Verlaine, « Voici des fruits, des fleurs, des feuilles et des branches, et puis voici mon cœur, il ne bat que pour vous », avec la même application que celle qu'il manifestait un peu plus tôt à mémoriser les différentes étapes du siège de Stalingrad. Amère déception. Les filles ne s'intéressaient pas aux cœurs qui ne battaient que pour elles. Ces créatures à jupes plissées ne craquaient que devant les bellâtres de la classe, ceux qui portaient des jeans à pattes d'eph', et dont les parents étaient suffisamment indulgents pour les autoriser à se laisser pousser les cheveux. *SLC* diffusait les chansons des beatniks. Victor ne portait pas de chemises à fleurs ni de jean à pattes d'eph'. Voilà toute la différence avec les bellâtres. Il avait les cheveux courts, affreusement courts, taillés en brosse sur la recommandation de ses parents. Impossible d'y échapper. Le coiffeur du coin de la rue de la Roquette était une brute, un maniaque de la tondeuse, un stakhanoviste du rasoir. Victor ruminait sa rancœur. Il espérait que l'année 68, qui venait de s'ouvrir, serait plus faste.

En attendant, il fallait bien s'occuper. Les réunions de la JC n'étaient pas mixtes. Tant pis. On y parlait, entre garçons, de la marche du mouvement antiguerre sur Washington. Des centaines de milliers de manifestants américains clamaient leur dégoût de ce que l'armée US faisait en leur nom au Vietnam, et se heurtaient aux forces antiémeutes. Tous les soirs, à vingt heures, les téléspectateurs français suivaient le feuilleton de cette guerre interminable, se familiarisaient avec une toponymie aux accents étranges – Da Nang, Keh San, Quang Tri – en guise d'apéritif avant le début de *La Piste aux étoiles*. Lors des réunions de la JC circulaient des photos de Vietnamiens brûlés au napalm. Victor apprit son premier mot en *-isme*. Impérialisme. Dans la foulée, les cadres de la JC lui expliquèrent qu'il s'agissait là d'un qualificatif qui se déclinait au pluriel. La France était également impérialiste. Le mot sonnait comme une insulte. La preuve ? Les Américains n'avaient fait que prendre le relais de la guerre française, dite d'Indochine. Victor courut dare-dare au rayon spécialisé, à la bibliothèque municipale du XIe arrondissement. C'était une habitude. Les livres ne mentaient pas. Il constata qu'il était né durant la bataille de Diên Biên Phu. Qu'après avoir été chassée d'Indochine, l'armée française avait tenté de mater une autre rébellion coloniale, en Algérie. Les livres d'histoire réveillaient des souvenirs d'enfance. Un soir de février 62. Victor avait huit ans. La rue de la Roquette est proche du boulevard de Charonne. Des cris, des explosions. Le Parti manifestait pour la paix en Algérie. Il était tard, il faisait nuit, son père décida « d'y aller ». Victor resta seul avec sa mère. Encore des cris, des explosions. C'était lointain, étouffé. Ce soir-là, Victor n'attendit pas le retour de son père pour s'endormir. Le lendemain matin, il vit des chaussures dans les caniveaux, des écharpes, des vestes. Il s'était passé quelque chose de grave, d'irréparable. Même un gosse de huit ans pouvait le comprendre.

62, 68, de l'Algérie au Vietnam. La bibliothèque municipale du XIe arrondissement était décidément le centre du monde. Il suffisait de consulter les livres. De choisir d'autres noms de généraux à mémoriser. D'autres champs de bataille. La Mitidja, les Aurès, les Hauts Plateaux, la piste Hô Chi Minh. Massu, Bigeard, Westmoreland, Giap. L'Histoire sentait encore et malgré tout le papier moisi.

Mais voici qu'arriva le mois de mai. Au Quartier latin, les étudiants se battaient contre les flics. Libérez nos camarades, c'était le mot d'ordre. Les copains de la JC ne savaient pas expliquer ce qui se passait. Qui avait été arrêté et pourquoi. Ils refusaient même de répondre aux questions. Premiers pavés, premières grenades, CRS-SS, le décor était planté. Tout alla très vite. Meeting à Charlemagne. Cinq cents lycéens assis en tailleur dans la cour du bahut sous les marronniers en fleur. Les orateurs s'époumonaient, maltraitaient un mégaphone souffreteux qui crachait des effets larsen. Les lycéens devaient suivre l'exemple des étudiants, refuser d'aller en cours, occuper le lycée comme leurs aînés occupaient la Sorbonne. Applaudissements, slogans, CRS-SS, libérez nos camarades. Les grands des classes de terminale bousculèrent les pions, enfermèrent le surgé dans son bureau, placardèrent des affiches sur la porte de celui du censeur. En moins de deux heures, Charlemagne se transforma en base arrière de Nanterre, de la Sorbonne. Cavalcades dans les couloirs, graffitis, insolence.

Quartier latin. Les flashes de la radio. La répression était violente. Les flics cognaient à tour de bras, là, tout près, de l'autre côté de la Seine. Il suffisait de franchir le Pont-Marie pour approcher de la Halle aux Vins, la zone de tous les dangers. Lacrymos, grenades explosives, étudiants blessés, mais malgré tout déterminés à rendre les coups. Rendre les coups. Ne plus se laisser matraquer sans réagir. Victor ne pouvait s'empêcher de penser aux chaussures abandonnées dans les caniveaux de la rue de la Roquette, en février 1962. Aux morts du métro Charonne. Cette fois, quelque chose avait changé. Victor, du haut de ses quatorze ans, n'était certes pas un fin politique. Il se souvenait pourtant des visites des camarades du Parti, chez ses parents. De leur souci de responsabilité, de respectabilité, « ne pas faire de vagues, patience, tout viendra en temps voulu ». Des images des manifs ouvrières, vues à la télé. De ces bataillons serrés, disciplinés, de la CGT, qui chantaient, bonasses, résignés, « Des sous Charlot, des sous Charlot, des sous… » sur l'air des lampions. Persuadés qu'ils avaient perdu d'avance. Ou bien, variante plus geignarde encore de la même complainte, « Augmentez nos salaires de misère », répétée à l'infini sur un rythme de plus en plus lent, avec des trémolos larmoyants, comme s'il s'agissait là d'une prière adressée à quelque divinité impitoyable, dont on savait, au fond, qu'il n'y avait pas grand-chose à attendre. Dans sa petite tête, Victor avait toujours pensé que ça n'était pas très digne, cette attitude de supplication, cette sempiternelle génuflexion devant l'autorité, que c'était même blessant, pour ne pas dire humiliant, de manifester ainsi, l'échine courbée. Au Quartier latin, à chaque coup de matraque répondait désormais un jet de pavé.

Les flics ne vinrent jamais jusqu'à Charlemagne. L'occupation du lycée se déroula sans violence. Les profs erraient dans les couloirs, leur sacoche à la main, désœuvrés, dépassés, désorientés, sans trop savoir quelle attitude adopter. Les amphis virent apparaître tout un arsenal de sacs de couchage, de couvertures. Le ravitaillement s'organisa, sandwiches, bouteilles d'eau, canettes de bière. Le temps était doux, jusqu'aux dernières heures de l'après-midi Victor traînait dans la cour, lisait les affiches manuscrites, tracées au feutre et dégoulinantes de colle qui tapissaient les murs, pliait soigneusement les tracts qu'on distribuait çà et là, les enfouissait dans les poches de sa veste, afin de les déchiffrer en toute sérénité une fois rentré à la maison. Les tracts regorgeaient de mots en *-iste*. Maoïstes, trotskistes, anarchistes, bordiguistes. Des sigles abscons, des noms à coucher dehors. Les bibliothécaires de la mairie du XIe arrondissement étaient en grève, inutile d'aller chercher des éclaircissements de ce côté-là. Il fallait faire fonctionner sa cervelle sans le secours des livres.

Nuit des barricades, cocktails Molotov, charges de CRS, voitures calcinées rue Gay-Lussac. Victor était accro à son transistor, celui-là même sur lequel il écoutait *SLC*. Il suivit heure par heure le déroulement des opérations, jusqu'à l'aube. Un nouveau champ de bataille. Les généraux cette fois s'appelaient Geismar, Cohn-Bendit, Sauvageot. 13 mai. La foule, place de la République. Un million de manifestants. Victor resta deux heures durant coincé, immobile, prisonnier du flot, devant les vitrines de la Toile d'Avion, au coin de la rue Béranger, à regarder défiler les cortèges syndicaux et étudiants. La classe ouvrière, si chère aux camarades du Parti croisés chez ses parents, était enfin entrée dans la danse. Et pourtant, à Charlemagne, à chaque fois qu'ils montaient à la tribune des meetings, les copains de la JC, les cadres, n'en finissaient pas d'appeler au calme, d'exhorter les lycéens à rentrer chez eux, à se disperser, à déserter le bahut pour ne pas sombrer dans *l'aventurisme*. Ils ne récoltaient que des sifflets, des injures, qu'importe, ils s'obstinaient. Aventurisme. Ils n'avaient que ce mot à la bouche, les copains de la JC. L'aventure leur faisait peur. On n'est pas sérieux quand on a dix-sept ans, mais eux, si. Ils palabraient dans les couloirs, inlassablement, cherchaient à persuader, un à un, les occupants du lycée de mettre fin à l'action. Répandaient des rumeurs de provocation, de complot. Ils dépensaient une énergie inlassable dans d'incessants conciliabules, s'épuisaient en manœuvres insipides, bref, ils sabotaient tant qu'ils pouvaient. Pire encore, le mouvement semblait les effrayer. Victor fut navré de le constater.

Le mois de mai touchait à sa fin. Victor prit son courage à deux mains, traversa le Pont-Marie la gorge serrée, la trouille au ventre, remonta le Boul' Mich' et se rendit à la Sorbonne. Pour voir, comme on dit au poker. Les mains dans les poches, il déambula devant les stands des différents groupuscules qui balisaient le terrain. A chacun son totem. Marx, Engels, Lénine, Staline, Bakounine, Rosa Luxemburg, Mao, Trotski. Nouvelle provision de tracts. Il s'attarda un instant devant le fameux piano à queue. Il était arrivé trop tard, personne ne s'asseyait plus devant le clavier constellé de mégots.

*

Aristide Lachésis abandonna un instant son téléchronoscope. Grâce à cet appareil, il avait épié les pérégrinations de Victor durant les journées de Mai, ainsi que celles de Léa, beaucoup plus insouciantes. Pour elle, la grève dans les lycées n'avait été que le prétexte de longues semaines de vacances, de balades à vélo à travers tout Paris en compagnie de son amie Liliane. A Jules-Ferry tout comme à Charlemagne, on avait tenu des meetings, des AG. Les lycéennes, jusqu'alors contraintes de porter des blouses par-dessus leurs jupes – beiges ou bleues suivant l'alternance des semaines –, avaient brusquement senti souffler un grand vent de liberté. Après une telle tempête, ce ne serait pas de sitôt qu'on leur interdirait de se maquiller, de se vernir les ongles, ou de porter des jeans ! Ravie d'échapper à la surveillance des pionnes, Léa avait pris la tan-

gente pour faire la fête. Le soir, rentrée rue Labat, chez ses parents, elle écoutait malgré tout le récit de la guérilla sur un petit transistor du même modèle que celui de Victor. La nouvelle de l'incendie de la Bourse lui fit grande impression. A son réveil, le lendemain matin, elle s'attendait à découvrir une ville en ébullition, en révolution. La Bourse incendiée! Que demander de plus? Mais non, la majorité des Parisiens n'avaient apparemment d'autre souci que de remplir d'essence le réservoir de leur voiture.

Si Léa s'était donné la peine de venir à la Sorbonne durant les premiers jours de l'occupation, elle aurait pu remarquer un stand à l'écart de tous les autres. Celui du Dror, le mouvement sioniste-socialiste fondé par Beer Boroh'ov. Shalom et Eytan, deux piliers du Mouvement, militants au lycée Turgot, avaient pris l'initiative de le dresser. Le décorum était rudimentaire. Une banderole, un drapeau frappé de l'étoile de David, un portrait dudit Boroh'ov. Quelques brochures, ainsi que Kolénou – Notre Parole, *en hébreu – le journal du Dror. La présence de l'étoile de David, emblème de l'État d'Israël, avait entraîné une réaction assez furieuse des militants gauchistes, majoritairement engagés dans le soutien à la cause palestinienne. Le Dror avait dû battre en retraite.*

Et, mieux encore, Léa aurait pu croiser Victor dans la grande cour de la Sorbonne, et, qui sait, échanger quelques mots avec lui? Ils auraient ainsi engrangé quelques souvenirs en commun. De quoi amorcer la conversation durant leur rencontre future. Mais non, rien. Aristide sentait monter en lui une colère froide. Les deux jeunes gens ne se donnaient aucun mal pour lui faciliter la tâche.

*

Juin 68. Les cortèges étudiants, lassés de tourner en rond entre Nanterre et la Sorbonne, partirent encercler les usines. Les portes de celles-ci étaient cadenassées, non dans la crainte d'un assaut policier, mais par pur souci prophylactique. Victor n'en revenait pas. Tout se passait comme si les camarades du Parti, qui régnaient en maîtres sur ce domaine, terrorisés à l'idée de voir leurs ouailles céder à la pression du mouvement, s'évertuaient à protéger leur territoire de la contagion de la curieuse maladie qui sévissait au Quartier latin. Les camarades du Parti montaient la garde, sentinelles vigilantes, duègnes chargées de veiller sur la vertu de la classe ouvrière. Afin qu'elle n'aille pas s'encanailler, cette inconsciente, avec les voyous, les chevelus venus lui chanter la sérénade. Les usines claquemurées, les étudiants désemparés.

Les morts à Sochaux, l'assassinat du lycéen Gilles Tautin. Les obsèques, les drapeaux rouges, les banderoles. Victor apprit les premiers couplets de *L'Internationale*. Les copains de la JC étaient ailleurs, sans doute occupés à d'autres tâches plus importantes. Ce fut la fin de la grève, la fin des grèves. A Renault, le leader de la CGT se fit huer par les ouvriers en leur annonçant le résultat des accords de Grenelle. Les camarades du Parti – des salles de cours de Charlemagne jusqu'à Billancourt – avaient été en dessous de tout. Ils se prétendaient l'avant-garde. Les groupes gauchistes furent dissous. Victor haussa les épaules. Les vacances approchaient. Sur la plage de Quiberon, des tas de filles l'attendaient...

Les semaines filèrent. Dans la cour du lycée, les feuilles des marronniers commençaient déjà à jaunir, quant au Gaffiot, il attendait son heure sur son étagère, sournois, plus pansu que jamais. Victor s'efforça de ne pas trop y penser.

Allongé sur la plage, il matait les filles, le transistor à portée de main, en guettant l'heure de *SLC*. Si la bandaison venait malencontreusement gonfler son boxer-short, l'eau glacée de l'Atlantique rétablissait aussitôt le calme. Les flashes d'info parlaient du Vietnam, de la poursuite de l'offensive du Têt, refrain connu, mais annoncèrent soudain que les tanks soviétiques étaient entrés à Prague. Un autre champ de bataille. D'autres généraux. Dubcek, Svoboda, Victor nota les noms des vaincus. Tout le monde a oublié celui des vainqueurs. Décidément, les héros de 45, ceux qui avaient ouvert les portes, Américains d'un côté, Russes de l'autre, tenaient à présent, de façon symétrique, le rôle des méchants!

*

Léa passa les vacances de l'été 68 en Israël. Ce n'était pas la première fois qu'elle s'y rendait. Son premier séjour datait de 62, à l'âge de huit ans. Elle y avait accompagné ses parents qui partaient visiter la branche maternelle de la famille, le frère et la sœur de Frania. L'oncle Mendel et la tante Henia. Léa se souvenait de l'atterrissage sur la piste de Lod, de l'émotion des voyageurs, dont certains embrassaient le sol à la descente de l'avion, de l'oncle Mendel, de la tante Henia qui attendaient les nouveaux venus derrière des grilles. Premières retrouvailles depuis la séparation en 48. La joie, les larmes. Léa fut hébergée chez les uns, les autres, à Jérusalem et Tel-Aviv, alternativement. L'oncle Mendel était un religieux intransigeant, un *hassid* qui portait le caftan, le *streiml*, et dont la vie quotidienne était régie par toute une kyrielle de commandements, d'interdits. Lorsque Léa se précipita à la rencontre de son cousin Moishe – le fils de Mendel – pour l'embrasser, le jeune homme s'écarta, horrifié à l'idée qu'une personne du sexe opposé puisse le toucher. A l'inverse, Henia affichait des convictions laïques et était mariée avec un permanent de la Histadrout. Mendel travaillait à l'Agence juive et s'occupait de l'accueil des nouveaux immigrants, auxquels on commençait par faire visiter le pays.

Léa avait déjà bénéficié de ces voyages touristiques, aussi, six ans après sa première visite, lors de son retour à Tel-Aviv, n'en était-elle plus au stade de la découverte. En 1968, le pays vivait encore sous le choc de la guerre des Six Jours dont elle avait suivi toutes les péripéties à la radio, à la télé, depuis Paris. Elle se remémora les caricatures antisémites, les slogans tels que « Les Juifs à la mer ! » lancés par le dirigeant de l'OLP Ahmed Choukeiry.

A Jérusalem, elle put se rendre au mur des Lamentations qui se trouvait dans la partie de la ville reconquise un an plus tôt. Elle visita Hébron, Nazareth, passa de longues journées avec sa cousine Judith, la fille de Henia, qui parlait avec de forts accents patriotiques de Tsahal, des soldats tombés au front durant le dernier conflit. Puis elle séjourna pour la première fois dans un kibboutz, à Mizrah, et se prélassa de longues journées au bord de la piscine, entourée de jardins fleuris. Aux yeux des naïfs, le kibboutz évoquait presque un village de vacances, un succédané local de Club Med.

*

Le casque des pavés ne bouge plus d'un fil,
La Seine de nouveau ruisselle d'eau bénite,
Le vent a dispersé les cendres de Bendit,
Et chacun est rentré chez son automobile…

La voix rocailleuse de Nougaro chantait l'amertume. Avant la rentrée de septembre, Victor alla traîner au Quartier latin. La Sorbonne était bouclée. Les services de la voirie recouvraient les pavés du Boul' Mich' d'une épaisse couche de bitume. Comme un tapis de neige noire. Et pourtant la fête ne faisait que commencer.

A Charlemagne, durant l'année scolaire 68-69, le chahut fut insensé, interminable. Les pauvres profs fixaient, incrédules, abasourdis, la bande de gamins qui s'évertuaient à tourner en dérision la moindre de leur parole. A tout instant, les cours s'arrêtaient, un meeting impromptu se tenait dans la cour ou dans un amphi s'il faisait trop froid. Affolé, à court d'arguments, le surgé brandit un jour sa carte d'ancien combattant en guise de rempart contre l'adversité. En pure perte, il finit par capituler. Victor se vengeait avec délectation des profs de maths qui lui avaient empoisonné l'existence depuis la sixième. Les bombes à eau – de simples feuilles de copie soigneusement pliées en forme de cube, rigidifiées à l'aide de scotch – volaient à travers la classe et s'écrasaient sur le tableau. Dans le couloir des salles d'histoire-géo, une main anonyme avait dessiné deux fesses bien rebondies, un cul, pour tout dire : celui du proviseur. Au passage, les potaches étaient invités à le botter. Comme ça, pour le plaisir. Le mur se couvrit immédiatement d'innombrables traces de semelles. Les agents de service badigeonnèrent à la peinture blanche la fresque sacrilège. Peine perdue. Le lendemain, le même cul s'offrait en sacrifice aux pieds juvéniles agités de démangeaisons irrépressibles. Après moult effaçages, soucieux de ne pas grever le budget entretien de l'établissement, le proviseur renonça à protéger son arrière-train. Les potaches n'étaient jamais en panne d'imagination. Des boîtes d'asticots, vendus quai de la Mégisserie pour servir d'appâts aux pêcheurs, soigneusement planquées sous l'estrade de la salle de physique, donnaient naissance à des essaims de mouches noires dont le vol perturbait le cours juste au moment où débutait le contrôle.

Tout cela était certes plaisant mais n'avait guère d'importance. La vie était ailleurs. A chaque intercours, et plus encore à l'heure de midi entre deux services à la cantine, les vendeurs de journaux révolutionnaires investissaient la cour du lycée et la rue Charlemagne. *Rouge, Lutte ouvrière, Le Monde libertaire, La Cause du peuple, Informations ouvrières, Les Cahiers de Mai, Tribune socialiste,* le choix était vaste. Les militants des différentes tendances polémiquaient entre eux à l'infini, utilisant pour ce faire des arguments auxquels Victor ne comprenait strictement rien. Il y avait pourtant un dénominateur commun à tous ces discours : « le Parti ». Il avait trahi, il fallait d'urgence reconstruire une autre force, indépendante, pour mener à bien la révolution. Les copains – les ex-copains – de la JC rasaient les murs. Victor sacrifiait la totalité de son argent de poche dans l'achat de ces journaux et en déchiffrait le contenu avec avidité. Les réunions du Comité d'action lycéen offraient un excellent poste d'observation pour qui voulait voir s'affronter les écuries concurrentes, aussi, après quelques mois d'étude attentive, commença-t-il à se repérer dans le dédale des groupuscules.

Les anarchistes ? Le verdict était formel, ils n'étaient pas sérieux. D'ailleurs, ils se montraient totalement opposés à toute forme d'organisation centralisée. Mais si le Parti avait pu jouer un rôle si néfaste en 1968, c'est précisément parce que ses militants obéissaient comme un seul homme aux funestes directives qui leur étaient données par le sommet de l'appareil. De Charlemagne à Billancourt, ils sabotaient à l'unisson.

Les maoïstes ? Victor les trouvait assez rigolos avec le *Petit Livre rouge* qu'ils agitaient à tout propos, comme un talisman, un grigri. La lecture de *La Cause du peuple*, leur journal, n'était guère fatigante, intellectuellement parlant. On comptait le mot « peuple » à peu près cinq fois par paragraphe. La syntaxe était pauvre, rien de plus normal, puisque conçue pour être assimilée par ledit peuple, lequel est assez fruste, comme chacun sait. Dès qu'ils se trouvaient placés en difficulté lors d'une discussion un peu vive, les maos s'en tiraient en scandant *Marx, Engels, Lénine, Staline, Mao !* Et les anars de répliquer, imperturbables *Pif, Pifou, Tonton, Tata, Hercule !* Ce qui plongeait les premiers dans une rage folle.

Inutile de tergiverser, Victor ne serait ni anarchiste ni maoïste. Restait la nébuleuse trotskiste. Alors là, tout se compliquait. Il fallait démêler l'écheveau avec patience, une provision de cachets d'aspirine à portée de main. Il y avait en gros quatre chapelles en présence. Quatre « orgas », dans le jargon *ad hoc*. L'Alliance des jeunes pour le socialisme, l'Alliance marxiste révolutionnaire, Lutte ouvrière, et les Cercles rouges, qui donneraient bientôt naissance à la Ligue communiste. L'AMR était absente de Charlemagne et l'AJS discréditée d'avance : avant la nuit des barricades, ses dirigeants avaient appelé les étudiants à déserter le Quartier latin, dans la crainte d'un massacre. La faute suprême, une manière de péché originel. Seuls « LO » et « Rouge » pouvaient prétendre rester en lice. Les arrière-salles de bistrots voisins du lycée se transformaient en centre de formation tous azimuts. Il suffisait d'écouter, de risquer une remarque pour entrer dans la danse. Sur le conseil d'un copain de classe, Victor avala en trois soirées l'autobiographie de

Trotski, *Ma vie.* Ce fut très éclairant. Il y avait là, en filigrane, l'explication de l'attitude de la JC durant les journées de Mai. Un mot en *-isme.* Stalinisme. La trahison venait donc de loin. Victor poursuivit ses lectures. Avant l'entrée des chars soviétiques à Prague, il y avait eu la répression de la Révolution hongroise en 56, les émeutes de Berlin, en 53, et la terreur des années 30, en URSS même. Les millions de morts du Goulag. L'affaire était entendue. Emballé, c'était pesé, Victor devint trotskiste. Mais de quelle obédience ? LO ou la Ligue ? La lecture de *Rouge* s'avérait assez ardue. Pour bien suivre, c'est tout juste si l'amateur de cette presse ne devait pas sortir de Sciences po. Soit un paragraphe choisi au hasard :

« La loi du développement inégal et combiné implique que les fronts de lutte du prolétariat contre la bourgeoisie ne sont pas uniformes, ne reproduisant pas comme de simples subdivisions l'affrontement international du prolétariat et de la bourgeoisie. Ces fronts sont diversifiés. Mais cette diversité ne signifie pas non plus la juxtaposition géographique de fronts spécifiques étrangers les uns aux autres… »

Et cette prose tourmentée s'étalait sur de pleines colonnes à la typographie archi serrée ! Décidément, si les trotskistes s'adressaient de cette façon aux masses, ils n'étaient pas près d'être entendus. On était très loin du lamentable « Augmentez nos salaires de misère », mais sans pour autant verser dans le simplisme, il eût été judicieux de réfléchir à un minimum de pédagogie. LO dénonçait d'ailleurs, « fraternellement », la fâcheuse tendance des cousins de la Quatrième Internationale à manier les concepts de façon totalement abstraite. Les cortèges de la Ligue rassemblaient quelques milliers d'étudiants barbus et chevelus, vêtus de parkas kaki, qui manifestaient comme on fait la fête, sautillant sur place et scandant Ho-Ho-Ho-Chi-Minh, Che-Che-Guevara. Les militants de LO ricanaient jusqu'à plus soif de ce look pittoresque mais totalement incongru dès lors que l'on voulait s'adresser « au prolétariat ». Ils avaient raison. Le conformisme en milieu ouvrier était tel qu'avec un pareil accoutrement on ressemblait à la caricature que les staliniens – le mot appartenait désormais au vocabulaire qu'employait Victor de façon courante – entendaient dresser des « aventuriers gauchistes ». Il fallait rompre avec le milieu estudiantin, son folklore, son dilettantisme, et partir à la conquête de « la classe ». Pour ce faire, les militants de LO s'habillaient de blousons couleur muraille, portaient les cheveux courts, affectaient une mine besogneuse, prêchaient le sérieux, l'humilité, la patience. Si l'on voulait déloger les « stals » de leurs bastions, autant se persuader tout de suite que la tâche était rude et le chemin escarpé, balisé de moult pièges. Ce discours assez carré, volontariste en diable, séduisit Victor. Pour se convaincre de sa justesse, il n'y avait qu'à se souvenir des cortèges étudiants de juin 68 qui piétinèrent des heures durant aux portes des usines barricadées, sans parvenir à forcer le passage.

Alors, militer à LO ? La tentation était grande mais Victor prit le temps de la réflexion. Restait cette question des filles, toujours non résolue, lancinante. A l'été 69, quelques bribes de réponses lui parvinrent par l'intermédiaire d'une jeune Eurasienne rencontrée dans un camp de vacances pour ados. Descente de l'Ardèche en canoë, haltes le soir dans des grottes tout au long du parcours, feu de camp et premiers baisers au fond du sac de couchage, le mystère commençait à s'éclaircir. Il fallut hélas se quitter à la fin du mois d'août, sans espoir de se revoir, la belle partant vivre en province.

*

De Mexico à Prague, de Berlin à Tokyo, la jeunesse descendait dans la rue, s'engageait dans l'action collective, rêvait d'un monde meilleur, à grand renfort de slogans. Léa ne pouvait rester à l'écart de cet élan. Au début de l'année 69, elle participa à plusieurs manifestations gauchistes, plusieurs meetings lycéens. Mais, à la suite de son séjour en Israël, elle sentit inévitablement vibrer en elle la fibre sioniste. Six millions de morts dans les camps nazis, six millions d'arbres que les pionniers faisaient pousser dans le désert, sans compter la menace d'autres guerres avec les pays arabes, comment rester sur le bord du chemin ? Comment ne pas relever le défi ? La voie était toute tracée.

Elle ne connut pas les tourments idéologiques qu'endura Victor au moment de choisir l'organisation à rallier. Elle aurait pu rejoindre l'Hachomer Hatzaïr – la Jeune Garde –, voire le petit noyau de militants regroupés dans le Noar Kadimah – Jeunesse, en avant ! –, tous ces groupes sionistes de gauche fortement bousculés par la tourmente soixante-huitarde. Au tout début de l'année 69, en classe de troisième, elle se décida à pousser la porte du local du Dror, boulevard Voltaire, juste au-dessus du cinéma Bataclan. Tout simplement parce qu'elle connaissait quelques anciens du FOJ qui avaient suivi le même chemin. Elle entendit aussitôt des cris, des roulements de tambourin. Il flottait dans l'air une odeur d'eau de Javel, d'encre d'imprimerie, de pain d'épices.

Elle rencontra toute une bande de gamins affublés d'une chemise bleue, la *h'outza h'oula*. Ils dansaient et chantaient au rythme de mélodies folkloriques israéliennes, d'autres jouaient au ping-pong, d'autres encore répétaient des sketches en vue d'un prochain spectacle, tandis que les plus sérieux s'affairaient à ronéoter un tract.

Des filles, des garçons. Les réunions du Dror étaient mixtes ! Un portrait de Beer Boroh'ov ornait l'un des murs. Il arborait une mine austère et toisait les nouveaux venus d'un air discrètement condescendant. Comme tous les maîtres à penser. A côté du portrait de Boroh'ov, Léa ne s'étonna guère de la présence du drapeau israélien blanc et bleu frappé de l'étoile de David. Et d'un dessin qui la représentait, résumée à un strict schéma géométrique : deux triangles enchevêtrés, l'un au sommet pointé vers le haut, l'autre vers le bas. Deux triangles dans lesquels Boroh'ov avait inscrit toute sa philosophie, toute sa vision du sionisme. La pyramide inversée. Léa en apprit la signification en quelques minutes. Il suffisait de dissocier les triangles, de se les représenter de façon séparée, avant leur jonction. Celui de droite, pointe vers le bas, figurait la situation actuelle du peuple juif. Une infime minorité de paysans, quelques ouvriers et artisans et, sans lien réel avec les précédents, une large majorité d'intellectuels. Le peuple juif marchait sur la tête, à tout instant, la pyramide menaçait de perdre son fragile équilibre. Celui de gauche, pointe vers le haut, rétablissait de plus justes proportions. Une large couche de paysans et d'ouvriers lui servait de base, et, de plus en plus haut au fur et à mesure que l'on remontait vers le sommet, des artisans, des cadres en strates de plus en plus menues pour terminer en beauté par une mince couche d'intellectuels !

Tel était le but du Dror ! Renverser la pyramide, redonner au peuple juif, et en l'occurrence au peuple israélien, une large assise sociale – comparable à celle de tous les autres peuples – en partant volontairement cultiver la terre. Dans les kibboutzim. A l'âge de dix-huit ans, l'adhérent au

Dror devait quitter son pays de naissance, préparer son *alya*, sa « montée » en Israël. Pour apporter sa modeste pierre à l'édification du socialisme.

Dès avant la guerre, les militants du Poalé-Tsion disciples de Boroh'ov avaient établi une tête de pont dans l'association Kibboutz Haméouh'ad qui possédait des « succursales » disséminées dans le pays : les kibboutzim Beit-Kechet, Ein-Harod, Regavim, Mishmar Haneguev… « L'union de la classe ouvrière et de la paysannerie est en marche », proclamaient-ils. Ils avaient commencé à organiser le sauvetage des enfants pourchassés par les nazis, mis sur pied des centres d'accueil, et, après la Libération, avaient envoyé, un peu partout dans le monde là où existaient de fortes communautés juives, des délégués pour procéder au recrutement de volontaires. L'époque était propice au dévouement, et de toute façon, pour nombre de jeunes Juifs survivants, le départ pour la Palestine prenait des allures d'évidence.

« Le Kibboutz Haméouh'ad est, au monde, la forme la plus avancée du communisme ! » assurait *Kolénou*, la petite brochure ronéotée qui faisait office de journal et dont la collection complète était à disposition sur des étagères. Léa la feuilleta distraitement. Plus d'un demi-siècle s'était écoulé depuis l'installation des premières colonies de pionniers sur la terre de Palestine. Léa avait quatorze ans et n'était pas venue suivre un cours de formation mais simplement retrouver l'ambiance chaleureuse qu'elle avait déjà connue au FOJ. Qu'à cela ne tienne, on se serra pour lui réserver une place. Entre eux, les militants du Dror s'appelaient *h'aver*, camarade, en hébreu. Pluriel *h'averim*. Léa devint aussitôt une *h'avera*. Pluriel *h'averot*. Il était hors de question qu'elle continue de porter son prénom usuel. Chaque h'aver devait en effet adopter une nouvelle identité, et, pour ce faire, choisir un prénom hébraïque. On l'appela désormais Ayala. La gazelle. Avant elle, tous les h'averim avaient déjà sacrifié à ce rituel. William, le lycéen de Turgot qu'elle aurait pu croiser dans la cour de la Sorbonne en 68 était ainsi devenu Shalom, et Boris était devenu Eytan. Elle fit la connaissance d'Avi, de Zvi, de Dvorah, de Tsilla, de Yoav, de Giora, de Haïm, de Yochaï. Ce changement de nom n'avait rien d'une pure formalité, d'une coutume innocente, semblable à celle qu'on pouvait retrouver dans les mouvements scouts où l'on s'affublait d'un totem pittoresque. Changer de nom équivalait à franchir le premier pas, symbolique, dans la rupture d'avec le milieu d'origine, commencer à redevenir réellement juif.

Le fondateur Boroh'ov se montrait intraitable à ce sujet. Il redoutait par-dessus tout l'assimilation, ce processus sournois qui aurait pu pousser les Juifs à renoncer à leur identité :

« L'assimilation aurait été un moyen radical, comme la mort et le suicide sont des moyens radicaux contre toute maladie. S'il n'y avait pas de Juifs, nous n'aurions pas à souffrir de la tragédie juive. Mais aucun médecin du monde n'a encore essayé de guérir son malade par l'empoisonnement pur et simple. »

Changer de nom, rompre avec son milieu d'origine, refuser l'assimilation. C'était plus qu'un programme. Une profession de foi. Hors d'Israël, les Juifs vivaient dans la *Gola*, l'exil. Dans le jargon du Dror, on disait aussi *Galouth*. Il n'était pas question de diaspora. Ce terme, synonyme de dispersion, d'éparpillement, était sévèrement proscrit. Les Juifs authentiques ne vivaient qu'en Israël. Là, et là seulement, se trouvait le point d'équilibre, le véritable centre de gravité identitaire. Égarés dans la Gola, les Juifs étaient condamnés à dépérir, sinon socialement, à coup sûr spirituellement.

« Quel est celui qui pourra aller au kibboutz pour éduquer et sauver le peuple ? Tout Juif pourra remplir cette tâche, mais avant tout la remplira celui qui aura supprimé de sa vie, de son âme, de son honneur, la Gola et la société capitaliste ! » affirmait Tabenkin, un autre penseur à l'origine du Mouvement. Léa était prévenue. L'atmosphère bon enfant qui régnait dans le local du boulevard Voltaire ne devait pas la distraire du but final. Au Dror, on ne pratiquait pas un sionisme de salon, on tranchait dans le vif. Cette détermination affichée par les aînés ne la poussa pas au renoncement. De semaine en semaine, elle revint au local pour participer aux différentes activités. Chaque h'aver était intégré à un collectif qui regroupait une quinzaine de membres de sa classe d'âge : la *plouga*. Au pluriel, *plougot*. Chaque plouga recevait un nom de code : Degania, Massada, Sdot-Yam, Guilboa... Celle de Léa fut la plouga Atsmon, du nom d'une montagne située près du lac de Tibériade. Chaque plouga était encadrée par un moniteur sur les épaules duquel reposait la responsabilité de l'éducation des h'averim. On l'appelait le *madrih'*. Léa fit ainsi connaissance avec Uri, un jeune homme passionné de cinéma, et notamment des films de Minnelli. La première tâche du madrih' consistait à convaincre ses h'averim de renoncer à leur argent de poche personnel pour le confier à une caisse collective, la *koupa*. La koupa servait à financer les sorties collectives au théâtre, au cinéma, au restaurant... Il s'agissait d'une première initiation à la future vie au kibboutz, où la moindre des dépenses était discutée par l'assemblée générale souveraine. Les h'averim apprenaient ainsi à dépasser leurs petits égoïsmes, en vue du bon fonctionnement de la communauté. Évidemment, certains trichaient, et la koupa en pâtissait. La plouga Atsmon était particulièrement lotie en fraudeurs, si bien que le malheureux

Uri, au lieu d'emmener ses h'averim voir ses chers films de Minnelli, se résignait à leur en parler, détaillant chaque plan, chaque séquence, qu'il connaissait par cœur.

Tous les samedis, les h'averim se donnaient rendez-vous au métro République, sur le terre-plein central. Commençaient alors de longues discussions pour déterminer ce que l'on allait faire, et surtout le type de sortie que l'on pouvait s'offrir en fonction du taux de remplissage de la koupa ! Très souvent, une fois opérée la division de la somme disponible par le nombre des participants, il restait juste de quoi aller prendre un pot dans un des cafés de la place. Léa enrageait de cette situation, comme les autres filles, mais les garçons se montraient intraitables et faisaient preuve d'une imagination débordante pour inventer des prétextes censés justifier le vide abyssal qui habitait leurs poches. Les éléments mâles de la plouga Atsmon étaient d'affreux jojos bien décidés à utiliser leurs h'averot comme souffre-douleur.

*

Rentrée 69. La révolution ne pouvait attendre, les camarades de LO se firent pressants. Victor se décida. Un soir du mois de novembre, il se retrouva devant la sortie du métro République, un paquet de journaux à la main, stoïque, sous la pluie, en compagnie de quelques militants qui s'adressaient aux passants. Demandez *Lutte ouvrière*, hebdomadaire communiste révolutionnaire ! Il était persuadé d'avoir fait le bon choix. Le seul point qui le chagrinait, c'est que les copains de la Ligue se réunissaient avec les filles des lycées Victor-Hugo et Sophie-Germain ! Curieusement, parmi le petit groupe qu'il commença à côtoyer à LO, il n'y avait quasiment que des garçons, et les rares filles qui pointaient le bout de leur nez étaient bien plus âgées que lui. De toute façon, l'ambiance n'était pas, vraiment pas, à la drague.

Peu à peu, au fil des mois, le rythme des activités militantes s'accéléra. Ventes du journal à la sortie des métros ou dans la cour des gares parisiennes, devant les grands magasins, sur les marchés, collages d'affiches, distributions de tracts à l'entrée des « boîtes ». Rien de bien exaltant. Une routine nécessaire, éreintante, à laquelle il fallait se plier. Victor parcourait Paris en tous sens, et prenait parfois même des trains de banlieue. En sus de la cotisation, obligatoire, le poste transports s'avérait ruineux pour un budget de lycéen. Tout l'argent de poche y passait et cela n'était pas suffisant. Les sorties au cinéma devinrent impossibles, tout achat de livres, de disques également. Ce fut un style de vie assez monacal qui commença, mais qu'importe. Si l'on voulait militer en dilettante, autant aller à la Ligue, c'était l'argument ressassé à chaque discussion. L'argent est le nerf de la guerre. Victor dégota donc un boulot sur les marchés, le dimanche matin. Il vendit des barils de lessive, des savons, de la crème à raser pour le compte d'un commerçant forain. Il devait se lever aux aurores, aider à monter le stand, décharger la camelote du camion, et servir les clients jusqu'à treize heures. Cet argent gagné au noir était aussitôt englouti dans les carnets de métro, les tickets de train. Et les cafés. Le militant de base passait en effet une grande partie de son temps dans les cafés...

LO apparaissait comme un groupe semi-clandestin, très fermé, dont le journal n'était qu'une vitrine. Un petit encart figurant en page 2 le précisait semaine après semaine. « Lutte ouvrière n'est pas l'organe d'un parti ou d'une organisation. » Il était simplement question d'un hebdomadaire qui entendait faire en sorte que « Mai 68 féconde et régénère le mouvement ouvrier ». De fait, un petit noyau de vétérans chevronnés, surgis d'on ne sait où, coordonnait l'activité de centaines de vendeurs du journal et cooptait en son sein ceux qu'il jugeait dignes de l'être après leur avoir fait subir toute une série d'épreuves initiatiques. Ce qui pourrait paraître compliqué de prime abord, mais ne l'était pas. En quinze jours, à moins d'être le dernier des imbéciles, on avait saisi. Quoi qu'en dise le journal, il existait bel et bien une organisation, qui se voulait secrète. Malgré tout le sérieux dont il faisait preuve, Victor n'était donc qu'un sympathisant. Il était encore loin d'être admis dans le saint des saints et ne participait à aucune réunion avec des novices dans la même situation que lui. Le rapport à « l'orga » était strictement vertical. Chaque sympathisant – le jargon les désignait comme des « liaisons » – était cornaqué par un militant plus aguerri qui guidait les pas du nouveau venu, le soumettait à une surveillance rigoureuse, afin d'éliminer les éléments les moins déterminés.

Dans le cas de Victor, ce mentor fut *une* militante. Comment s'appelait-elle réellement, Victor l'ignorait. Il était hors de question de se désigner les uns les autres par le nom usuel. Quoi de plus normal ? En juin 68 les groupuscules avaient été dissous et la police continuait de les surveiller étroitement. Victor fut surnommé Daumier, tout simplement parce qu'à son premier rendez-vous dans un café un consommateur assis à une table voisine feuilletait un recueil du caricaturiste. La militante chargée de son éducation portait le pseudo de Granelle. Agée d'une trentaine d'années, elle était prof de lettres. Une très belle femme, aux cheveux longs et bruns, infiniment séduisante. Un vrai cauchemar de puceau. C'était en outre une authentique bolchevik, Victor ne tarda pas à s'en rendre compte.

Il la rencontra à la brasserie La Mandoline, près du métro Jaurès. Granelle toisa le gamin qui lui faisait face en touillant sa tasse de café, et parla aussitôt de l'organisation. Elle dit « nous ». Victor n'était pas inclus dans le « nous ». Granelle s'ingénia à le lui faire comprendre. Il y avait « nous » et il y avait « toi ». Le ton était mesuré, mais ferme. Granelle précisa son propos. Nous sommes une organisation pro-lé-ta-rien-ne. Elle détacha les syllabes pour bien souligner la force de l'adjectif, sa puissance solennelle. Pro-lé-ta-rien-ne. Elle répéta d'une voix sourde, en tapotant de l'ongle de son index sur la table de marbre de la brasserie. Tac tac tac. Et toi, tu es un petit-bourgeois. Un intellectuel petit-bourgeois, puisque lycéen. Si tu veux nous rejoindre, tu dois faire tes preuves. Tes preu-ves. Encore la répétition, le même mouvement saccadé de l'ongle qui tambourinait sur le plateau de marbre de la table du bistrot. Tac tac tac. Victor écarquilla les yeux, ravala l'indignation qui lui montait dans la gorge. Ses parents étaient ouvriers, il vivait dans un minuscule trois-pièces sans salle de bains, était fagoté comme l'as de pique alors que ses copains de lycée, fils d'architectes, d'avocats ou de médecins, frimaient avec leurs blousons de cuir, leurs jeans, se prélassaient dans des appartements de deux cents mètres carrés, et on osait le traiter de petit-bourgeois ? Par contre, intellectuel, après tout, oui, pourquoi pas ? Il n'y vit pas une insulte. Qu'y avait-il de répréhensible à vouloir faire turbiner sa cervelle à plein régime ?

D'après ce qu'on m'a dit, corrigea aussitôt Granelle, avec toi, il n'y a pas de problèmes, tu es sérieux. Victor, soulagé, flatté, sentit sa pomme d'Adam effectuer quelques soubresauts. La bolchevik de charme sortit deux livres de son sac à main. Le *Que faire ?* de Lénine, et un roman, *En un combat douteux*, de Steinbeck. Victor avait, évidemment, déjà lu

Que faire ?, cette description du modèle d'organisation à laquelle aspirait Lénine, un phalanstère de révolutionnaires professionnels, dont le principe, souvenons-nous, fut adopté au congrès du POSDR tenu à Bruxelles en 1903. Il le dit timidement. La lecture de *Que faire ?* était le b-a ba de tout aspirant trotskiste. Comment l'ignorer ? Tu reliras, trancha Granelle.

Par contre, Steinbeck lui était inconnu. Granelle et Daumier se séparèrent devant la façade de La Mandoline après s'être donné rendez-vous une semaine plus tard, un samedi à seize heures, au Paris-République, une brasserie située à proximité du boulevard des Filles-du-Calvaire. La semaine passa, chargée. Six ventes du journal à la criée aux quatre coins de Paris, trois collages en banlieue, deux diffusions de tracts très tôt le matin, la matinée du dimanche occupée à débiter les paquets de Bonux et de Paic, les flacons de Pantène et de Pétrole Hahn sur le marché, et quelques autres babioles sans importance, version d'allemand, thème de latin, leçons d'histoire. Victor trouva malgré tout le temps de lire *En un combat douteux*.

Le récit d'une grève d'ouvriers agricoles durant la Grande Dépression, aux États-Unis. Les héros sont deux permanents du PC américain, chargés d'encadrer le mouvement, et qui se comportent comme des bureaucrates sans pitié, pleins de morgue, de mépris envers la piétaille qu'ils sont chargés d'encadrer. La grève se termine en débâcle. *Væ victis.*

Victor ne comprit pas pourquoi Granelle lui avait demandé de lire ce livre. A ses yeux, les héros de Steinbeck n'étaient que des salauds, des staliniens bornés, qui poursuivaient leur chemin sans remords après avoir abandonné en cours de route les pauvres types qui leur avaient fait confiance. Le romancier les avait décrits sans complaisance. S'il s'agissait d'illustrer à travers leur exemple l'idéal de révolutionnaires professionnels qu'évoquait Lénine, la discussion promettait d'être orageuse. L'heure du rendez-vous approcha. Victor aperçut Granelle attablée au fond de la salle du Paris-République. Elle croisait les jambes, sa jupe était relevée jusqu'à mi-cuisses. Elle était aussi belle qu'inaccessible. Victor traversa la salle enfumée.

Il y avait du bruit, un groupe d'excités faisait tout un chambard dans un coin du bistrot. Des gamins de l'âge de Victor, des filles, des garçons, qui portaient une sorte d'uniforme, une chemise bleue et un pantalon de velours ocreroux. Des scouts ? Aux oreilles de Victor, ce mot sonnait un peu bondieusard-catho. Erreur. Cette petite bande n'était autre que la plouga Atsmon du Dror au grand complet. Victor tourna la tête et aperçut une petite blonde aux yeux verts, qui pouffait de rire sur la banquette de moleskine de la brasserie Paris-République. Les garçons qui entouraient Léa la serraient de très près, avec des mains baladeuses. A leur place, Victor en aurait fait autant. Il les envia.

*

Aristide Lachésis attendait ce moment depuis bien longtemps. Il avait réglé le trépied de son téléchronoscope, astiqué les lentilles de la lunette, rechargé la batterie du flash, alimenté l'appareil avec une pellicule neuve, et s'était préparé un solide casse-croûte. On ne pourrait le prendre en faute. A l'instant même où Victor pénétra dans la brasserie, il se mit à mitrailler à tout va afin d'engranger des preuves de la viabilité de l'engrenage. Victor, Léa, tous les éléments étaient réunis pour une première rencontre, un premier sourire. Mais, à son grand déses-

poir, Victor dédaigna le petit groupe de la plouga Atsmon et rejoignit Granelle.

*

Questions, réponses. Victor avait-il lu le *Que faire ?*, et qu'en pensait-il ? demanda Granelle. Victor était d'accord, le seul chemin, c'était celui que traçait Vladimir Ilitch. Une organisation de révolutionnaires professionnels, entièrement dévoués à la tâche, disciplinés. Rien à voir avec le dilettantisme des groupes gauchistes, de la Ligue, notamment ? insista Granelle. Rien à voir ! confirma Victor. Granelle cligna des yeux en signe d'assentiment. Et Steinbeck ? Victor hésita un moment, puis se lança. Le combat lui paraissait franchement douteux. Il ne dissimula pas que les personnages de ce roman l'avaient écœuré. Ils ne faisaient preuve d'aucun sentiment de fraternité, de compassion envers les prolétaires qu'ils conduisaient au carnage sur ordre du Parti. En quelques mots, tout fut dit. Tu es sûr de ce que tu avances ? lança Granelle en fronçant les sourcils. Victor insista. Ce n'étaient que des héros de fiction, des ectoplasmes, certes, mais Steinbeck s'était sans doute inspiré de la réalité. Ils sonnaient vrai. Le visage de Granelle s'éclaira. Ce n'était qu'un test, une question piège. Victor n'était peut-être pas le petit-bourgeois irrécupérable qu'elle craignait d'avoir débusqué. Il se pourrait même qu'après une chevauchée longue et hardie dans les contrées ouvrières, il puisse accéder au Graal bolchevik ! C'est-à-dire devenir membre de plein droit de l'orga.

De rendez-vous en rendez-vous, à La Mandoline ou au Paris-République, au fil des mois, Granelle sortit bien d'autres livres de son sac à main. Les classiques du marxisme, Engels, Plekhanov, Lénine, Trotski, Boukharine,

Préobrajenski, Rosa Luxemburg, des ouvrages d'histoire du mouvement ouvrier, des premiers balbutiements jusqu'à 68, sans oublier toute une série de romans permettant d'éclairer le propos théorique sous un angle vivant, concret, humain. Victor découvrit ainsi Panaït Istrati, Babel, Gorki, Victor Serge, Koestler, Richard Wright, Manes Sperber, Malraux…

Bardé de toutes ces munitions polémiques, Victor s'enhardit. Au lycée, les discussions avec les ex-copains de la JC devinrent saignantes. Il en savait désormais bien plus qu'eux, hélas, sur l'histoire de leur propre parti. Le Pacte germano-soviétique, la demande faite aux Allemands de laisser *L'Huma* reparaître en pleine Occupation, le « retroussons nos manches » ou le « il faut savoir terminer une grève » lancés par Thorez à la Libération, sans compter les pleins pouvoirs votés à Guy Mollet au début de la guerre d'Algérie, et d'autres encore plus croustillantes, il leur envoyait tout dans les dents. Direct du gauche, uppercut du droit, jeu de jambes impeccable. Si le match avait lieu en présence d'un public nombreux, le plaisir n'en était que plus grand. Les JC, dépités, rompaient le contact en expliquant à l'auditoire que les gauchistes se montraient tout juste bons à tenir des discours mais n'étaient pas implantés dans la classe ouvrière. Justement, on va voir ce qu'on va voir, rétorquait Victor.

Le militantisme prit définitivement la place d'autres activités auxquelles s'adonnaient la majorité des copains du lycée. Commença alors une bataille épuisante avec les parents, pauvres parents, qui ne comprenaient pas ce qui se passait. Il n'y a pas si longtemps, leur fils renâclait devant la visite mensuelle chez le coiffeur et revendiquait le droit de porter les cheveux longs, et voilà qu'il se les faisait couper toutes les trois semaines ! Les sorties hors du domicile familial devinrent incessantes et de plus en plus tardives. Le conflit s'installa, s'envenima. Un révolutionnaire prolétarien ne cédait pas devant l'autorité parentale, c'eût été du dernier ridicule. Comment prétendre appeler les masses à l'insurrection en capitulant devant les diktats paternels ? Ce fut une guerre d'usure, ponctuée de nombreuses escarmouches, lors desquelles Victor ne se privait pas d'utiliser les arguments les plus pernicieux. Combien de fois n'avait-il entendu ses parents pester contre la vie chère et louer le dévouement des camarades du Parti ? Eh bien, qu'ils se mettent dans la tête qu'il était lui aussi devenu un camarade, mais d'un autre parti ! Le vrai, le seul.

*

Tout au long de l'année 69, Léa devint particulièrement assidue aux réunions du Dror. Le Mouvement ne se contentait pas de rassembler les h'averim pour des sorties au cinéma ou au théâtre durant le week-end. Il se fixait des objectifs hautement éducatifs. A chaque rendez-vous au local, le madrih' rassemblait sa plouga. Commençait alors une séance de chant collectif. Chaque h'aver était muni d'un *chiron'*, un carnet où étaient consignées les paroles des chansons que l'on allait répéter en chœur. Rédigées en hébreu phonétique, accompagnées de leur traduction française, elles contribuaient à souder le groupe. Elles évoquaient tour à tour l'histoire des persécutions subies par le peuple juif, la lutte obstinée contre les oppresseurs de tous bords, la douceur, enfin méritée, de vivre au pays de Canaan. Au kibboutz.

Chir Hapartizanim, l'hymne des partisans du ghetto de Varsovie :

Ne dis jamais : c'est mon dernier chemin,
Le ciel grisâtre enferme des bleus lendemains,
Viendra enfin notre heure tant attendue,
Durement notre pas sonnera, nous voici !

Ha H'ablanim – le chant des saboteurs –, qui rappelait la lutte contre les Anglais, lors du mandat britannique sur la Palestine :

Déjà la nuit tombe et recouvre les monts,
Le chacal hurle dans les jardins,
Par l'abrupt sentier qui mène au village,
Passe de nouveau un groupe de saboteurs,
Sac au dos, la charge est lourde, le chemin dur
et rocailleux,
Trois kilomètres encore, ne t'en fais pas, saboteur,
Bientôt parlera la dynamite…

Nivne artsenou – Nous construirons –, qui résumait en une seule strophe la tâche qui attendait les futurs kibboutzniks :

Nous construirons notre pays,
Car ce pays est le nôtre,
Nous construirons notre pays, notre sang,
Notre génération nous l'ordonnent
Nous construirons notre pays par notre volonté,
Sonnons la fin de l'esclavage !

Ainsi évidemment que *L'Internationale*, toujours en hébreu. Après la séance de chant, les h'averim se dégourdissaient les jambes en dansant la *hora*, une ronde frénétique qui faisait trembler jusqu'à l'extrême limite de la rupture le plancher du local, lequel n'en finissait plus d'expectorer des nuages de poussière et autres résidus de chewing-gum incrustés dans ses rainures. Flexion-extension au rythme des tambourins, les muscles des cuisses travaillaient à outrance. A la suite de ce régime athlétique, vingt-cinq ans plus tard, la h'avera quadragénaire qui s'est pliée à l'exercice ignore toujours les affres de la culotte de cheval. Après le chant, la danse, venait l'heure de la *sih'a*, un exposé théorique préparé par le madrih' ou par un des h'averim. Les thèmes étaient variés. Histoire du mouvement ouvrier, du mouvement sioniste, économie politique, étude des textes de Marx, de Boroh'ov et de Tabenkin, mais aussi introduction à la psychanalyse, ouverture sur la musique contemporaine, etc.

Préfiguration de l'homme nouveau que Marx et Boroh'ov appelaient de leurs vœux, animé d'une farouche volonté d'aller féconder la terre de Palestine par son labeur acharné, le h'aver devait également cultiver moult qualités artistiques. Les plougot préparaient donc des spectacles édifiants, qui avaient pour thème la libération du prolétariat, la Révolution d'octobre, ou les faits d'armes des Hébreux de l'Antiquité. Les fêtes traditionnelles religieuses, telles que Kippour ou Roch Hachanah, étaient superbement ignorées, par contre celles qui célèbrent une quelconque victoire « militaire » juive faisaient l'objet d'une attention particulière. Pessah', la sortie d'Égypte, Hanoukka, donnaient lieu à des festivités, les *messibot*. Transformés en musiciens, comédiens, metteurs en scène, éclairagistes, récitants, accessoiristes, les h'averim mettaient la main à la pâte et donnaient le meilleur d'eux-mêmes. Lors de la *messiba* de Pourim, Léa enfila une jupe fendue pour jouer Esther – une Esther très allumeuse – qui déployait des trésors de séduction afin de convaincre son époux Assuérus de laisser en paix les Juifs qui vivaient en exil dans son royaume… Vampé, apoplectique, le roi capitula.

Emportée par cet enthousiasme auquel nul n'aurait su résister, Léa devint militante, se livra au prosélytisme au lycée Jules-Ferry, couvrit les murs du métro d'autocollants « Israël vivra », interpella les profs d'histoire quand leur discours ne correspondait pas à ce qu'elle avait appris durant la sih'a précédente, tout en attendant avec impatience le prochain rendez-vous du Mouvement. Peu à peu, en dépit du comportement passablement machiste des garçons, le groupe gagna en homogénéité. Chaque moment de loisir était consacré aux retrouvailles.

Les parents des h'averim, ravis de voir leurs enfants évoluer et s'épanouir dans une saine ambiance juive, ne réalisaient pas très bien que le but ultime était le départ pour le kibboutz, et donc le renoncement aux études. De même, la connotation franchement marxisante de l'éducation que l'on donnait à leurs enfants ne les alarmait pas. Certains avaient eux-mêmes milité au Bund ou au PC, ce qui était loin d'être le cas des parents de Léa… Ils considéraient à tort le Mouvement comme un simple patronage qui ne saurait entraîner de conséquences sur les choix futurs, et renâclaient parfois un peu quand leur progéniture rentrait tard le soir, voire séchait les cours pour aller flemmarder au local… La mère de Yoav ne cessait ainsi de récriminer contre le *Broch'* – le malheur, en yiddish ! – ce Dror-Broch', qui petit à petit lui vola son fiston jusqu'à l'expédier à Regavim, un kibboutz situé à trois mille kilomètres de la cuisine où elle mitonnait son *gefilte fish*.

Hors de la plouga, point de salut. Les rendez-vous plurihebdomadaires étaient obligatoires, et, en cas de manquement à la règle, le h'aver devait impérativement justifier son absence ou subir le blâme. Uri, le madrih', savait se montrer impitoyable à l'occasion. Le départ pour Israël était encore un simple projet, assez éloigné dans le temps, mais n'en était pas pour autant abstrait. Tous les ans, à l'automne, les membres des différentes plougot de France et de Navarre prêts à « réaliser l'alya » se rassemblaient dans un *garin* – la graine, qui ne demande qu'à mûrir –, disaient adieu à leur famille, à leurs amis, et prenaient le bateau pour Haïfa.

Évidemment, au moment de couper les ponts, on enregistrait des défections. C'était l'heure de choisir entre un destin de paysan ou une carrière de médecin ou d'expert-comptable. Le h'aver qui renonçait devait s'en aller sur la pointe des pieds. Il n'avait plus rien à voir avec le Dror. Quand on parlait de lui, et on évitait de le faire, c'était au passé. On disait : « Il a quitté. » Le complément d'objet était inutile. Pour les plus déterminés, ou les plus brillants, une autre voie s'ouvrait. Celle du Mah'on, l'Institut. Un stage dans un centre d'étude à Jérusalem, quelques visites au kibboutz et une première incorporation d'un an dans l'armée israélienne. A son retour en France, celui qui avait suivi le Mah'on devenait *boger*, « lauréat ». C'était un super madrih'. Il parlait hébreu quasi couramment et était auréolé de prestige. Pas au point d'égaler celui d'un autre personnage, qui coiffait de son autorité tout ce petit monde, et veillait aux destinées du Mouvement : le *sheliah'*, membre de plein droit du kibboutz mais qui l'avait délaissé pour une période plus ou moins élastique afin de transmettre les nobles traditions aux nouvelles recrues.

Eytan et Shalom, les deux lycéens de Turgot qui avaient installé le stand du Mouvement dans la cour de la Sorbonne en mai 68, étaient déjà partis pour le Mah'on et y rencontrèrent des jeunes venus des quatre coins du monde, y compris des Juifs originaires de pays arabes, qui suivaient clandestinement cette formation. Imprégné de l'idéologie soixante-huitarde, Shalom étonna beaucoup les Israéliens en ornant les murs de sa chambre d'un portrait de Guevara! Lors de son premier séjour au kibboutz, il découvrit une dure réalité. Les nouveaux arrivants étaient hébergés dans des baraquements en planche datant d'avant-guerre, les *tsrifim* dépourvus de tout confort et où il régnait une chaleur étouffante dès le lever du soleil. Incorporé peu après dans les parachutistes, il eut le privilège de rejoindre les bunkers de la ligne Baar Lev, soumis à des tirs d'artillerie incessants, sur les rives du canal de Suez.

*

Tandis que Shalom se cramponnait à son casque et serrait les mâchoires à chaque fois qu'un obus se fracassait sur le toit de sa casemate, Victor, à Charlemagne, commençait à recruter des lycéens, et à leur donner des rencards-liaisons dans des cafés. Il leur faisait lire Lénine, Trotski, Victor Serge, les questionnait sur ce qu'ils en avaient retenu, bref, il montait en grade. Il n'était pour autant pas encore question de lui révéler quoi que ce soit sur le fonctionnement ultra-secret de l'orga. Il en découvrit pourtant quelques bribes, qui ne manquèrent pas de l'intriguer, voire de l'inquiéter. Durant la même période, en effet, Granelle lui demanda d'aller confectionner des affiches. Le local technique dans lequel se déroula l'opération n'était autre que l'atelier d'un prof de dessin sympathisant où, sous la conduite d'un expert, quelques nouveaux venus s'initiaient à l'art de la sérigraphie. Les séances étaient assez folkloriques. Les vapeurs de white-spirit qui servaient à diluer l'encre se révélèrent discrètement toxiques, si bien qu'au bout d'une heure de tirage tout le monde était fin rond. La qualité du travail ne s'en ressentait pas trop, mais les voisins commençaient à en avoir assez d'entendre brailler *La Varsovienne* à tue-tête.

En rangs serrés l'ennemi nous attaque,
Autour de notre drapeau regroupons-nous
Que nous importe la mort menaçante,
Pour notre cause soyons prêts à mourir !

Après la livraison du stock, un grand débat s'engagea entre Granelle et Victor, sur les banquettes du Paris-République, la brasserie du boulevard des Filles-du-Calvaire. Voyons, voyons, où peut-on coller les affiches ? demanda Granelle, soucieuse. N'importe où, répondit spontanément Victor. Il s'agissait de vagues proclamations de foi en faveur de la révolution prolétarienne, sur fond d'usine stylisée, ce toit de hangar hérissé de pics ainsi que d'une haute cheminée, qu'on avait vu reproduit à des milliers d'exemplaires, sur toutes les déclinaisons possibles – maos, libertaires, trotskistes – depuis 68. Granelle toisa son élève avec un sourire qui ne parvenait pas à trancher entre l'indulgence et le mépris. Mais enfin, argumenta-t-elle, si ces affiches apparaissaient en différents endroits de Paris, comment dissimuler qu'elles proviennent bien du même atelier ? Dès lors, il paraîtra évident aux yeux des flics qu'une organisation centralisée, et non pas des groupes de militants épars, a coordonné cette action. Il faut donc choisir un secteur de collage rigoureusement circonscrit, qui ne puisse prêter le flanc à aucune interprétation de cet ordre.

Victor ne put dissimuler son irritation devant de telles arguties. L'orga tenait des meetings publics, diffusait un journal national, c'était bien la preuve qu'elle existait ! Que ses manifestations diverses, collages, ventes et distributions de tracts ne devaient rien au hasard mais étaient le fruit d'une activité concertée ! Pourquoi perdre son temps à pinailler à propos d'une misérable affiche dont les services de police se moquaient comme de leur première matraque alors qu'une descente des Renseignements généraux eût suffi à coffrer l'état-major bolchevik à la sortie d'un meeting à la Mutu ? Granelle hocha la tête, secoua longuement sa chevelure, y plongea les mains avec une grâce affectée, dénoua des mèches, les caressa. Victor n'y entendait rien. Depuis qu'elle existait, l'orga avait eu tout le temps de se familiariser avec les subtilités du Code pénal. Si Granelle affirmait qu'il y avait un problème avec la gestion de ce stock d'affiches, ce n'était pas par plaisir. Dans le passé, un passé parfois lointain, un passé qui remontait à bien avant la naissance de Victor, l'orga avait eu à connaître des situations difficiles, et avait appris à berner les forces de répression. Elle concéda que la remarque de Victor, bien que naïve, n'était pas gratuite. Il fallait qu'il apprenne la patience, l'humilité, ensuite, ensuite seulement il pourrait faire entendre sa voix. En attendant, il passerait sa semaine à coller les fameuses affiches aux différents endroits qu'elle allait lui indiquer. Exécution.

*

Outre les réunions au local, un des grands temps forts de l'activité du Dror était l'organisation de *mah'ané,* version sioniste de la colonie de vacances. Réunis en lieu clos, vivant ensemble loin de l'influence néfaste de leurs parents embourgeoisés par des décennies de compromission avec la Gola, les h'averim testaient leurs capacités à affronter la vie collective et ses contraintes. Voilà du moins la théorie. En pratique, c'était l'occasion des classiques défoulements adolescents. Mais gare, les *madrih'im* veillaient à ce que le foutoir ne fût pas complet. Enfin pas trop. De la même façon qu'ils organisaient les sih'ot, les messibot, ils mettaient en place des activités à forte consonance idéologique. Les h'averim se rassemblaient en carré pour saluer les drapeaux, le drapeau rouge de la révolution socialiste et celui bleu et blanc de l'État d'Israël. On s'époumonait à lancer la *sisma,* le cri de ralliement. Le madrih' hurlait *Dror Alé !* Dror, monte ! Et tous les h'averim de répondre avec le même entrain et la voix chargée du maximum de décibels *Alo Na'alé !* Montons-y ! Allusion à l'alya, la montée en Eretz-Israël. La vie dans la Gola se déroulant dans les bas-fonds, le but suprême à atteindre était forcément au-dessus, d'où l'idée d'ascension.

Sur un registre plus primesautier et non dépourvu d'un sens certain de l'autodérision, circulaient d'autres slogans tels que : les fils des tailleurs, les futurs agriculteurs ! Ou, variante : les fils des diamantaires, les futurs prolétaires !

Léa apprit ainsi toute une foule de choses très utiles à la future vie du pionnier-conquérant-kibboutznik. Elle s'initia à l'art d'allumer un feu de camp, à celui de marcher en groupe dans la nuit sans s'égarer et acquit quelques rudiments de close-combat et de maniement du bâton : chaque h'avera ne devait pas perdre de vue que Tsahal présentait la particularité d'être une armée mixte.

Le temps fort du mah'ané était la *Hityachvout,* qu'on peut traduire par établissement. Il s'agissait d'un grand jeu d'inspiration scoute mais revisité, relooké, par les disciples de Boroh'ov, lequel s'y connaissait en castagne pour avoir organisé des groupes d'autodéfense à la suite du pogrom de Kitchinev. On partageait les participants en deux équipes dont chacune devait conquérir le territoire de l'autre. Chaque camp se retranchait dans la forêt afin d'y construire une tour de branchages de plusieurs mètres de haut sur laquelle flottait le *deguel*, le fanion. Dès le lancement du jeu, qui pouvait durer jusqu'à vingt-quatre heures d'affilée sans qu'il fût possible d'y mettre fin, tout était permis pour investir la forteresse adverse. Ruses, coups de force, intox, les stratèges en herbe donnaient libre cours à leur inspiration.

L'un des camps représentait les Arabes, l'autres les Juifs. On pouvait compliquer la règle en introduisant une troisième équipe, celle des Anglais, qui allait tenter de s'interposer entre les belligérants et possédait des moyens de rétorsion pour ce faire. Les h'averim, dopés par les rivalités inhérentes au groupe, se foutaient gaillardement sur la gueule. C'était la catastrophe si les Arabes gagnaient.

Léa, qui n'avait pas l'âme particulièrement guerrière, se planquait comme elle pouvait en attendant la fin des hostilités. Cette répétition sous forme de psychodrame à peine déguisé des premières installations de pionniers en Palestine – qui se dépêchaient de bâtir un enclos inexpugnable sur la tour duquel ils montaient la garde le fusil en bandoulière – n'était évidemment pas innocente. Socialiste, certes, mais avant tout sioniste, le h'aver devait se persuader que son alya ne serait pas de tout repos et que, selon toute probabilité, il devrait défendre son territoire la mitraillette à la main. Les copains qui étaient déjà « montés » pouvaient en témoigner.

Le devenir des Palestiniens chassés de leur terre en 48 était bien évidemment la grande épine empoisonnée plantée dans le talon de chaque *drornik*! Boroh'ov, en dépit de son génie, n'avait pas vu venir le coup. Il croyait dur comme fer que l'affaire se tasserait d'elle-même, dans un grand élan de fraternité socialiste entre les fellahs du cru et les pionniers débarqués du fin fond de la Pologne ou d'Ukraine. Les armes avaient parlé avant que les kibboutzniks puissent cultiver leurs champs dans une sécurité toute relative.

Il avait fallu deux guerres, 48 et 67, pour parvenir à ce résultat, sans compter les innombrables escarmouches plus ou moins meurtrières et les attentats menés par l'OLP. Les têtes pensantes du Dror, dopées à l'aspirine, peaufinaient leur discours devant les h'averim encerclés dans leurs lycées respectifs par les hordes gauchistes qui manifestaient pour le soutien à la révolution vietnamienne et dénonçaient conjointement les menées « impérialistes » de l'État hébreu.

Pris en tenaille, *Kolénou*, qui ne tarissait pas d'éloges à propos de Hô Chi Minh et s'affirmait solidaire de toutes les luttes de libération nationale, publiait des textes de h'averim scandalisés par le parallèle que dressaient les gauchistes entre l'armée US et son homologue israélienne :

« Non, je ne crois pas à la guérilla armée, au second Vietnam palestinien, mais je crains que la folie révolutionnaire des leaders palestiniens rende inexistantes les possibilités d'une paix négociée au Moyen-Orient... Non je ne crois pas à la révolution du Fatha et du FPLP, je ne crains pas leurs lâches attaques contre Tsahal. Puissent un jour les Palestiniens comprendre qu'Israël n'est pas un ennemi mais un frère... »

L'éditorial précisait l'argumentation en distribuant les coups contre les fauteurs de guerre de tous bords :

« Nous devons savoir que la recherche d'un dialogue ne sera possible et réel qu'à partir du moment où les Palestiniens comprendront que nos intérêts doivent être communs, contre l'ennemi impérialiste soviéto-américain ! »

Les dirigeants du Dror n'étaient pas les seuls à souffrir de céphalée. Tous les groupes sionistes-socialistes étaient déchirés entre leur désir de paix et le soutien nécessaire, inévitable, apporté à l'État israélien. Sionisme oblige. Chacun s'en tirait avec les moyens du bord, sans craindre les luxations idéologiques, parmi les plus douloureuses. Le journal *Noar Kadimah* n'hésita pas à affirmer que Tsahal occupait la Cisjordanie ou Gaza tout comme les ouvriers de Paris ou de Milan occupaient leurs usines…

Léa parcourait les articles de *Kolénou* avec tristesse. Depuis 67, elle était habituée aux mauvaises nouvelles qui parvenaient d'Israël. Mais elle n'avait que seize ans et vivait une de ses premières histoires d'amour avec Shimon, un h'aver, évidemment. Une personnalité du Mouvement. Un garçon talentueux qui donnait au journal des dessins, des caricatures de plus en plus aiguisées. Il mettait en scène les madrih'im, le sheliah', avec impertinence. Grâce à lui, les pages de *Kolénou* rappelaient celles du *Canard enchaîné* et de *Charlie-Hebdo*. Shimon venait retrouver Léa à la sortie du lycée. Ils se baladaient dans les rues de Montmartre, main dans la main, s'étreignaient, s'embrassaient. Tout cela était très chaste.

*

Le 1er mai 1970, lors d'un mah'ané, les h'averim étaient réunis autour d'un feu de camp, dans la forêt de Saint-Leu. Ils chantaient le *Chir Hapartizanim.*, l'hymne des partisans du ghetto de Varsovie. Les flammes étaient rachitiques, aussi l'un des présents décida-t-il de les raviver en les aspergeant d'alcool à brûler. Une brusque saute de vent rabattit le souffle incandescent sur Léa. Les h'averim se précipitèrent sur elle, dans la panique. Certains agitaient des duvets de Nylon en guise d'étouffoir, qui ne demandaient qu'à se transformer en torche à leur tour. Après quelques secondes d'incertitude, Léa fut enfin « éteinte ». Le madrih' galopa jusqu'à la voiture, une 4L anémiée, et la ramena sur les lieux. On chargea Léa sur la banquette arrière, direction l'hôpital de Saint-Germain. Elle fut admise dans un service d'urgence, dépouillée de ses vêtements, placée sous perfusion. C'était l'incertitude quant à son état, quant aux séquelles éventuelles. Shimon, bouleversé, se morfondait à son chevet, ne la quittait pas. Quelques jours plus tard, elle fut transférée à Paris, à l'hôpital Saint-Louis. Shimon était toujours là, désemparé. Léa, couverte de pansements, ressemblait à un bibendum. La nuit, les démangeaisons la rendaient folle. Elle arrachait ses pansements, les infirmières tentaient en vain de la raisonner et l'aspergeaient de Dakin, par seaux entiers. Au fil des semaines, elle se remit. Miracle. Les flammes, si spectaculaires, n'avaient fait que l'effleurer. Elles n'avaient imprimé que de petites blessures, secrètes, au creux d'une cuisse, au renflement d'un sein. Autant de cicatrices que ses amants futurs couvriraient de baisers, du bout des lèvres.

A plus d'une reprise, tous les copains de la plouga Atsmon défilèrent dans sa chambre et s'y livrèrent au chahut habituel. Tsilla, Mih'al, Yoram, Avi et compagnie, à tel point que les infirmières, excédées, durent donner de la voix pour rétablir le calme. Quand la bande avait enfin déguerpi, seul restait Shimon. Après chacune de ses visites, Sylvette, la voisine de chambre de Léa, une femme d'une quarantaine d'années, ne pouvait retenir ses larmes devant le spectacle de ces deux adolescents éperdus de tendresse. Sylvette avait déjà une longue histoire derrière elle. Une vie meurtrie. Elle se confia, évoqua ses amours passées, envolées. Et conseilla Léa de son mieux pour qu'elle ne laisse pas passer la chance.

*

1er mai 1970. A l'issue de la traditionnelle manif, Granelle jugea Victor enfin digne de franchir le premier pas en direction du nirvana prolétarien. On allait l'affecter à un « travail de boîte », c'est-à-dire l'activité essentielle, stratégique, de l'orga. Lutte ouvrière se targuait d'intervenir directement dans les entreprises. Il suffisait d'accrocher un travailleur intéressé par le journal, et de récolter auprès de lui toute une série d'anecdotes sur la vie quotidienne dans les services ou les ateliers. Tel petit chef et ses manies détestables, ou bien des sanitaires dans un état déplorable et que la direction traînait à faire réparer, voire une prime distribuée à la tête du client et qui dressait les collègues les uns contre les autres, etc. On confectionnait alors un « bulletin de boîte », lequel comprenait au recto un éditorial politique repris du journal et au verso les échos glanés sur place. Ils attestaient *de facto* de la présence à l'intérieur de l'entreprise d'un ou de plusieurs militants du groupe. Les « aventuriers gauchistes » n'intervenaient pas de l'extérieur, ils étaient implantés. CQFD. Ces bulletins, et surtout leur verso, très anecdotique, bénéficiaient d'un bon accueil. Les informateurs infiltrés dans la boîte dissimulaient leur identité sous peine de répression immédiate aussi bien de la part de la direction que des « stals », aussi la distribution des bulletins était-elle effectuée par des lycéens, des étudiants qui la plupart du temps ne les connaissaient pas. Toute cette activité était entourée d'un petit côté conspiratif assez excitant. Le groupe auquel Granelle rattacha Victor avait jeté son dévolu sur une entreprise de transport située près de la porte de Charenton : Danzas. Celle-ci employait principalement des immigrés maghrébins. Les conditions de travail y étaient très dures. Injures racistes, brimades diverses, rien ne leur était épargné.

Au lieu de faire la sieste le dimanche après-midi en rentrant du marché, Victor se vit désormais confier une nouvelle tâche. Il confectionna le bulletin de boîte destiné à Danzas avec un militant lycéen dont le pseudo était Salacri. Ses parents habitaient un appartement immense situé rue des Pyramides. Victor pressentait confusément que Salacri avait réussi son examen de passage. Il était de l'autre côté de la barrière, du côté des « nous » qui appartenaient pleinement à l'organisation pro-lé-ta-rien-ne. D'ailleurs, quand Salacri s'adressait à Victor, il disait nous, « nous » avons décidé, et « toi », tu vas mettre en application.

L'appartement des parents de Salacri comportait une chambre de bonne située au dernier étage de l'immeuble, transformée en local technique, avec ronéo, machine à écrire, réserve de stencils, corrector et bouteilles d'encre. Dimanche après dimanche, Victor sua sang et eau pour s'initier au maniement de ce matériel. La ronéo n'était qu'un vieux clou sur laquelle les stencils menaçaient à chaque instant de se déchirer. Durant toute la fabrication, Salacri se montrait intraitable. « Nous » sommes très exigeants sur la qualité d'impression des bulletins de boîte et « toi », tu n'arrêtes pas de faire des fautes de frappe. Vaille que vaille, le métier rentra.

Salacri devint peu à peu l'alter ego de Granelle pour ce qui concernait l'éducation pro-lé-ta-rien-ne de Victor. Quand les trois cents exemplaires du bulletin de boîte étaient enfin tirés, le dimanche soir vers dix-neuf heures, il sortait une bouteille de whisky de la réserve de ses parents, en proposait un petit verre à Victor et lui faisait réviser son Lénine. Victor sirotait le Glenfiddish, les doigts poissés d'encre, épuisé mais heureux. Il se sentait entre de bonnes mains. L'intransigeance tatillonne qu'on manifestait à son égard lui semblait être une garantie de sérieux.

Autre preuve de confiance du tandem Salacri-Granelle envers Victor, on lui demanda bientôt de prendre en liaison un des « contacts » recrutés à Danzas. Mohand, un gars d'une vingtaine d'années qui travaillait sur les rampes de chargement du matériel, et ne rêvait que de retourner vivre au Maroc. Victor arriva mort de trac au premier rendez-vous. L'orga lui confiait une pépite, il fallait la cajoler, veiller sur elle avec une attention scrupuleuse. Lui faire une lecture commentée des classiques du marxisme en redoublant de pédagogie. Les gars de chez Danzas avec lesquels Granelle et Salacri étaient en relation vivaient presque tous dans un hôtel de la rue des Gravilliers, près de la République. Les conditions d'hébergement se révélaient effroyables. Le tenancier les entassait à six par chambre, l'un d'eux dormait même dans un réduit aménagé sous un escalier. Après chaque visite, Victor les quittait la gorge serrée de pitié et de colère.

Durant les cours de maths, il laissait désormais les copains canarder le prof à coups de bombes à eau et tenait un cahier sur lequel il consignait le planning de ses activités. Il voyait régulièrement ses recrues lycéennes en rencard-liaison mais ces bizuths lui donnaient bien du souci. Ils arrivaient en retard aux ventes, perdaient les affiches qu'on leur avait confiées, ne comprenaient pas qu'ils devaient absolument se faire raccourcir la tignasse, etc. Ce n'était pourtant pas le moment de relâcher la discipline. Le ministre de l'Intérieur de l'époque, Raymond Marcellin, tenta en effet d'éradiquer l'extrême gauche. La méthode était simple, il suffisait de frapper à la caisse. Il ne put bientôt plus se dérouler une seule vente du journal à la criée sans l'intervention d'un car de flics, qui confisquaient les journaux, embarquaient les militants et leur infligeaient une forte amende sous prétexte qu'ils ne possédaient pas de patente. Il fallut donc ruser, mettre en place un système de guetteurs qui surveillaient les rues avoisinantes et donnaient l'alerte à la vue du moindre képi. La menace permanente d'une interpellation suivie d'un interrogatoire au commissariat pimentait le jeu.

Quand arrivèrent les vacances de l'été soixante-dix, Victor se retrouva brusquement désœuvré. Étourdi, sonné par les sensations étranges que lui procurait sa nouvelle vie de militant. Il était perdu, déboussolé. Ses parents l'avaient inscrit à un camp de vacances pour ados, comme l'année précédente. Mais il n'avait plus envie de descendre les rivières en canoë, de marcher sac au dos sur les sentiers de la Dordogne en chantant des rengaines stupides de boy-scouts émerveillés d'avoir du poil aux pattes. Les gosses de son âge, qui continuaient d'écouter *SLC* alors qu'il en avait perdu l'habitude, l'emmerdaient. Il afficha un mépris distant et suffisant à leur égard, boycotta les boums. Obnubilé par les collages, les ventes, les rencards-liaisons, toute cette liturgie de l'orga si éloignée de l'ambiance du camp d'ados, il attendait avec impatience la rentrée, et son passage en terminale.

*

Durant l'été soixante-dix, Léa franchit une nouvelle étape en vue de son alya future : le Séminaire. Comme chaque année, le Dror regroupa des h'averim venus de toute la France et de l'étranger afin de faire le point sur leur évolution. Après deux années consacrées à leur éducation sous la direction des madrih'im, ils étaient censés pouvoir se dispenser de leur tutelle, voire devenir madrih' à leur tour, encadrer de nouvelles recrues. Le Séminaire se déroula au château de Montintin, à quelques kilomètres de Limoges. Ce fut en fait un super-mah'ané, lors duquel les garçons de la plouga Atsmon, qui ne s'étaient pas assagis, craquèrent devant un contingent de h'averot débarquées d'Angleterre. Il fallut faire preuve de persuasion pour les dissuader de leur sauter dessus et traîner ces *drornikim* frappés de priapisme jusqu'aux salles de conférence où le sheliah' discourait sur l'histoire du peuple juif, depuis l'esclavage sous la férule de Pharaon jusqu'au vote des délégués des Nations unies acceptant la création de l'État d'Israël.

L'ombre des ancêtres planait sur le Séminaire. Boroh'ov, bien sûr, mais surtout les combattants du ghetto de Varsovie, qui étaient morts les armes à la main – des armes ô combien dérisoires – en affrontant les nazis au corps à corps. Les militants du Dror, avec ceux du Bund et de l'Hachomer Hatzaïr, avaient fondé l'Organisation juive de combat, dans ces années du désespoir où le moindre SS n'éprouvait aucun scrupule à fracasser le crâne d'un bébé juif d'un simple coup de crosse. Zivia Lubetkin, dirigeante du Dror et membre de l'état-major de l'OJC, qui avait échappé à la mort et vivait à présent dans un kibboutz, adressa son salut à *Kolénou*. Pour les participants au Séminaire, ces jeunes gens âgés d'à peine dix-sept ans, le cataclysme n'avait rien d'une abstraction. Certains pouvaient en lire les traces sur le tatouage incrusté sur le bras d'un père, d'un oncle, ou du voisin qui venait prendre le thé à la maison. Pour d'autres, une simple photo encadrée, posée sur le buffet de la salle à manger, perpétuait à jamais le souvenir du visage des proches disparus dans la fumée des crématoires.

Lors du Séminaire, les h'averim se prêtaient à une étrange cérémonie, celle du *Procès*. On y mimait avec le plus grand sérieux la mise en accusation d'un acteur de l'extermination, susceptible de rendre compte de ses actes devant un tribunal fictif. Les h'averim incarnaient les différents personnages : accusé, témoins, procureur, avocat, président de la cour.

Partie civile contre la prescription des crimes nazis. La défense argue du grand âge de l'accusé, Hans, un troufion de la Wehrmacht qui s'est contenté de monter la garde à l'entrée d'un champ de navets où les *Einsatzgruppen* tiraient à la mitrailleuse sur toute la population d'un *sthetl*, pauvre troufion dont la mémoire défaille, tandis que l'accusation évoque le traumatisme effroyable subi par les rescapés. Question : conditionné au fanatisme, à l'obéissance absolue au Führer depuis sa plus tendre enfance, le soldat Hans avait-il les moyens de se révolter ? Réponse : les bébés morts gazés à Treblinka n'ont pas connu le luxe de se poser la moindre question.

Variante du même procès, infiniment plus douloureuse, plus cruelle : mise en accusation des membres du *Judenrat* du Ghetto de X. A quel degré ces braves dignitaires de la communauté se sont-ils rendus complices de l'entreprise de destruction menée par les nazis ? Le h'aver qui endosse le rôle du membre lambda du Judenrat doit essuyer les assauts de son copain qui ne se prive pas de lui rappeler la terreur, la famine planifiée, les cris des enfants au moment où les gardes ukrainiens les traînaient jusqu'au quai d'où partaient les convois. Le dignitaire du Judenrat souligne qu'il n'avait d'autre choix que d'obéir. Ses propres enfants étaient pris en otage. Eût-il refusé de courber l'échine, d'autres auraient été aussitôt désignés à sa place. L'avocat général se dresse alors, furieux, se livre à quelques effets de manches, et pointe un doigt accusateur sur le pauvre dignitaire du Judenrat. Ses atermoiements sont parfaitement excusables, mais a-t-il réfléchi à une autre possibilité : mener le double jeu, chercher à se procurer des armes, convaincre les jeunes de livrer le combat ? Pour sauver leur peau ? s'écrie le h'aver-dignitaire du Judenrat, quelle folie ! Non, certainement pas. Les combattants de l'OJC ne refusaient pas la mort, tonne le h'aver-avocat général, emporté par la colère, ils savaient pertinemment qu'ils ne pourraient y échapper. Ils exigeaient simplement le droit de mourir comme ils l'entendaient. En combattants.

A la suite du procès, les h'averim se regroupèrent en carré dans le parc du château de Montintin, saluèrent les couleurs, répondirent à l'appel : *Dror Alé ! Alo Na'alé !* puis se livrèrent à des exercices paramilitaires. Ils se battirent à coups de bâton, sautèrent du troisième étage du château pour atterrir dans une bâche tendue à ras du sol, dévalèrent le long de l'oméga – un filin équipé d'une poulie à laquelle on s'accrochait des deux mains – et enfin allumèrent de grands feux de camp autour desquels ils dansèrent et chantèrent. Certains s'amusèrent à plonger en roulé-boulé par-dessus les flammes, ce que Léa ne put supporter. Elle s'isola dans une chambre, alors que les garçons de sa plouga poursuivaient les Anglaises dans les buissons. Les amours adolescentes sont imprévisibles. De retour à Paris, elle rompit avec Shimon.

*

Septembre 1970. Septembre noir. Le roi Hussein de Jordanie fit bombarder les camps palestiniens, provoquant des milliers de morts. L'éditorial de *LO* expliqua avec aplomb que les organisations palestiniennes étaient en partie responsables de ce massacre. Elles avaient entraîné « les masses » dans l'impasse du « nationalisme petit-bourgeois » au lieu de dénoncer avec intransigeance les régimes arabes.

Ce fut le début de sérieux ennuis avec les gars de chez Danzas qui, eux, soutenaient le Fatah et placardaient des portraits de fedayin dans leur taudis. En quelques semaines, le travail de boîte vacilla puis s'effondra. Victor commençait à perdre patience devant cette histoire de petits-bourgeois que Granelle et Salacri rabâchaient à longueur de rendez-vous.

De même, LO ne participait qu'avec la plus extrême des réticences aux manifestations contre la guerre du Vietnam, sous le prétexte que le FLN était une direction « nationaliste petite-bourgeoise ». Il ne visait pas la révolution prolétarienne, mais la libération du territoire national. Victor, timidement, fit remarquer à Salacri que ces misérables petits-bourgeois, au Vietnam comme en Palestine, crevaient sous les bombes, les armes à la main, et qu'à ce titre ils étaient tout à fait respectables. Rien de plus facile que de critiquer leur programme quand on se contentait douillettement de distribuer des bulletins de boîte et de coller des affiches. Fatale imprudence. De Salacri, l'information remonta illico presto jusqu'à Granelle. Patatras. Les mines s'allongèrent. Il semblait bien qu'il y avait un « problème politique » avec Victor, qui s'obstinait à ne pas comprendre la position de l'orga. S'il ne la comprenait pas, il ne pouvait la défendre. Sans doute parce qu'il subissait les pressions de la Ligue. Terrible soupçon. Le pire de tous. Il allait de soi que la Ligue était elle-même une organisation « radicale petite-bourgeoise » qui osait se réclamer du trotskisme mais soutenait sans complexe aucun les petits-bourgeois et vietnamiens et palestiniens. Tout se tenait. C'était dialectique. La sentence ne tarda pas à tomber, l'intellectuel petit-bourgeois Victor ne parvenait pas à se dégager des influences délétères de sa classe d'origine.

On le rétrograda. Il n'eut plus le droit, plusieurs mois durant, de s'intégrer au travail de boîte. A lui les collages, les ventes, les distributions de tracts, mais le laisser approcher des contacts ouvriers que cajolaient les militants détenteurs d'un brevet d'orthodoxie pro-lé-ta-rien-ne, il ne devait plus en être question ! Durant la même période, quatre petits-bourgeois américains furent tués par balle sur un campus lors d'une manifestation contre les bombardements au Vietnam. Quant à la petite-bourgeoise Bernadette Devlin, elle fut jetée en prison en Irlande.

Cantonné dans sa classe de philo à Charlemagne, Victor devait apporter des preuves de son attachement à l'orga en recrutant toujours plus de nouvelles liaisons. Tous les mardis soir, le jour de la sortie du journal, il avait rendez-vous avec Salacri dans un café du boulevard Magenta. Celui-ci arrivait sur sa Mobylette et sortait de ses sacoches un paquet d'exemplaires de *LO*. L'attente pouvait être longue, tout dépendait des délais de livraison par l'imprimerie. Victor patientait en bâilllant, et lisait l'*Histoire de la Révolution russe*, de Trotski. Un des textes fondateurs qu'il convenait de méditer longuement, un crayon en main pour souligner les passages les plus chargés de sens. Ces rendez-vous destinés à faire parvenir le journal jusqu'aux plus humbles des diffuseurs lui paraissaient absurdes. Consacrer une soirée entière à une telle corvée alors qu'il eût suffi d'un local, d'une permanence où chacun aurait pu se rendre à sa guise pour ramasser son petit paquet ! C'était compter sans la manie du secret qui animait les hautes sphères de l'orga. Tout devait se passer dans l'ombre.

Victor, tous les mardis soir vers vingt et une heures, attendait patiemment dans la brasserie du boulevard Magenta. Il y avait une marge d'une bonne heure et demie avant l'arrivée pétaradante de Salacri juché sur sa Mobylette, et c'est généralement durant ce laps de temps que Léa quittait le local du Dror, au-dessus du Bataclan, pour remonter le Magenta à vélo et rentrer chez ses parents rue Labat. Victor levait de temps à autre les yeux de son *Histoire de la Révolution russe* et regardait passer Léa, sans même la voir, petite silhouette anonyme et fragile perdue parmi le flot des voitures, cramponnée à son guidon.

*

Ces croisements de trajectoire horripilaient Aristide Lachésis au plus haut point. Il faillit bien redescendre sur Terre pour semer une poignée de clous sur le boulevard Magenta. Une crevaison obligerait Léa à stopper devant la brasserie, Victor ne pourrait l'ignorer et, qui sait, avec un peu de chance, lui donnerait un petit coup de main pour réparer.

Il n'osa pas passer à l'acte. Les collègues de la Section routière qu'il était allé consulter pour déterminer la parcelle de bitume sur laquelle il conviendrait de disposer les clous l'avaient mis en garde contre une telle folie. Certes, on pouvait répéter l'opération sur maquette, calculer le temps de dégonflage du pneu pour que Léa soit contrainte de poser pied à terre juste devant la brasserie où se morfondait Victor, mais une telle mise en scène nécessitait l'aval des Instances supérieures. Il fallait en effet consulter la liste de tous les automobilistes susceptibles d'emprunter le boulevard au même moment, et s'assurer qu'aucun d'entre eux ne roulerait sur les clous, sans quoi d'autres destinées risqueraient de s'en trouver bouleversées : un médecin appelé en urgence au chevet d'un malade et retardé par cet artifice, et c'était peut-être une vie raccourcie. Un tel travail devait être planifié en commission plénière, et Aristide ne tenait pas à ébruiter le projet, dans la crainte de voir les inspecteurs de la Section érotique lui demander les raisons de sa requête. Semaine après semaine, les larmes aux yeux, il scruta le boulevard Magenta, en vain.

*

Puni, sanctionné pour cause de déviation petite-bourgeoise, Victor se démena tant qu'il put pour regagner la confiance des bolcheviks. Le recrutement ne posait guère de problèmes. Des milliers d'étudiants, de lycéens, gravitaient autour des groupes gauchistes, formant une sorte de clientèle qui venait en permanence s'enquérir de la marchandise proposée à l'étal. Ils passaient aisément d'une chapelle à l'autre, faisant un bout de chemin avec celle-ci avant de rompre pour s'attacher à celle-là.

En décembre éclata le procès dit de Burgos. Franco entendait faire condamner à mort six militants basques. Plusieurs manifestations d'extrême gauche sillonnèrent Paris. Contre toute attente, LO y participa. Victor, obstiné, demanda des comptes. Les militants de l'ETA n'étaient-ils pas d'indécrottables nationalistes petits-bourgeois, à l'instar des Vietnamiens et des Palestiniens ? Granelle avait pris l'habitude de ses impertinences. Elle le considérait comme une forte tête qu'elle prendrait plaisir à mater.

*

Le Dror se tenait prudemment à l'écart de l'agitation gauchiste. Les h'averim affichaient même un mépris à peine dissimulé pour les phraseurs des différents groupuscules qui ne parlaient que de la révolution et passaient le plus clair de leur temps à se chamailler entre eux. La révolution, les militants du Dror allaient réellement la mener à bien et non se contenter d'en parler. Une révolution personnelle. Lycéens, ils renonceraient au confort bourgeois qui leur était promis pour devenir paysans. Le socialisme, cela existait déjà. Il suffisait de décider d'aller vivre au kibboutz, de plus en plus nombreux, et l'affaire serait réglée par l'extension progressive du mode de vie kibboutzique à l'ensemble de la société ! Tout le reste n'était que littérature. Pourtant les disciples de Boroh'ov ne pouvaient rester indifférents devant une répression aussi barbare que celle à laquelle se livrait le régime franquiste contre les Basques.

Léa se fit cueillir par la police lors d'un rendez-vous secondaire qui devait la mener à une manif pour la libération d'Izko et de ses camarades. Jetée dans un panier à salade, elle se retrouva enfermée dans une cellule du centre Beaujon et n'en sortit que le lendemain matin après avoir chanté des chants révolutionnaires en compagnie des gauchistes. Sa mère vint la chercher, affolée. Ses parents n'en finissaient plus de pousser des soupirs accablés devant les frasques de leur fille. Mais ils n'osaient élever la voix pour la ramener à la sagesse. Quand ils avaient quitté la Pologne, leur projet était de partir pour la Palestine. Ils s'étaient arrêtés en France sans trop savoir pourquoi, autant dire par accident, et n'avaient jamais retrouvé la force de plier une nouvelle fois leurs bagages. Léa allait terminer ce voyage qu'ils n'avaient pas su, pas osé mener jusqu'à son terme. Ils en éprouvaient de la fierté, mais *oy a broch'*, si elle avait pu partir au kibboutz avec *ine bon'* diplôme et *ine bon'* mari, ça aurait tout de même été tellement mieux !

*

Les dictateurs de l'Ouest n'étaient pas les seuls à se couvrir les mains de sang. A Gdansk l'armée polonaise mitrailla les grévistes qui protestaient contre l'augmentation du prix de la viande. Et à Leningrad, Brejnev fit condamner à mort deux Juifs russes accusés d'avoir eu l'intention de détourner un avion pour se réfugier en Israël. La symétrie, toujours la symétrie, l'impérialisme d'un côté, le stalinisme de l'autre. Les deux béquilles du vieux monde qu'il fallait abattre. Granelle n'était qu'une mégère, certes, mais le trotskisme, ça tenait la route. Victor rongeait son frein en attendant des jours meilleurs.

Le ministre Marcellin continuait de faire des siennes. Les maoïstes devinrent sa cible favorite. Plusieurs dizaines de militants de la Gauche prolétarienne passèrent devant les tribunaux et les peines d'emprisonnement ferme tombèrent. Nombre d'entre eux avaient déserté les facs, les lycées, pour « s'établir » dans les usines où les conditions de travail étaient les plus scandaleuses. Ils y déployaient une agitation acharnée, extrêmement violente, poussant les travailleurs à casser la gueule aux petits chefs, sans hésiter à occuper les premières places, à payer de leur personne. Ils voulaient faire vite, frapper les esprits, provoquer des abcès de fixation exemplaires. La répression s'étendit. Animée d'un réflexe unitaire, l'extrême gauche mit en place une structure de protestation et de défense, mobilisa des avocats prestigieux, sollicita l'appui des intellectuels.

Le Secours rouge vit le jour lors d'un traditionnel meeting à la Mutualité. LO refusa illico de s'y associer. L'affaire se révélait complexe et permit à l'éditorialiste du journal de donner un petit aperçu de ses talents dialectiques. Ledit Secours rouge était en effet présidé par quelques personnalités qui servaient de « parapluie démocratique ». Malheureusement, les personnalités en question, des intellectuels petits-bourgeois incontrôlables – cinéastes, juristes, philosophes et comédiens –, n'eurent pas l'heur de plaire à l'état, major pro-lé-ta-rien. Dès lors, la nécessité de lutter contre la répression passa au second plan, balayée comme d'habitude par le souci prophylactique de se protéger de toute influence impure « d'un point de vue de classe ». Cette fois, Victor ne comprenait plus. Il lui semblait criminel de rester à l'écart de cet élan unitaire.

Le samedi après-midi, après un collage à Belleville et la vente du journal devant les Magasins réunis, il arriva assez remonté au rendez-vous hebdomadaire avec Granelle au Paris-République. Qui devina sa colère avant même qu'il n'ait eu le temps de lui donner forme, et expliqua tout de go que, Secours rouge ou pas, parapluie démocratique ou non, la question n'était pas là. L'important, c'était le travail d'implantation dans la classe ouvrière. Si les maos s'obstinaient à faire des bêtises, ils devaient bien se résigner à en payer le prix un jour ou l'autre. Sidéré par tant de cynisme, Victor en resta sans voix. Granelle, perfide, ne lui laissa pas le temps de récupérer de sa surprise et sortit de son sac à main le premier tome du *Traité d'économie marxiste* d'Ernest Mandel, qu'elle lui conseilla fraternellement de lire et de méditer pour la semaine suivante. Victor sentit passer le boulet. L'économie politique demeurait le point faible de sa formation. Comment prétendre intégrer pour de bon les rangs de l'orga en restant si ignare en la matière ? La chute tendancielle du taux de profit lui avait toujours semblé aussi obscure que les formules de dérivées et d'asymptotes que le prof de maths, canardé de bombes à eau à longueur de cours, s'échinait à inscrire sur le tableau noir. Granelle, fine psychologue, supputait là un point faible qu'il serait facile d'exploiter si son élève s'obstinait à faire le mariole avec ses histoires de Secours rouge, aussi celui-ci redoubla-t-il d'efforts pour la priver de ce plaisir. Le bras de fer était engagé. Victor était déterminé à ne pas capituler, à prouver à sa tutrice qu'elle ne parviendrait pas à le faire renoncer. Il encaisserait toutes les humiliations, toutes les tracasseries, coûte que coûte, mais *in fine* c'est elle qui devrait s'incliner. Il serait coopté dans la troupe de choc des révolutionnaires pro-lé-ta-riens.

L'actualité vint à son secours. A la mi-février 1971, lors d'une manifestation du Secours rouge, un lycéen apolitique fut arrêté près du lycée Chaptal, condamné sur la base du témoignage d'un flic et emprisonné. Il s'appelait Guiot. Un militant maoïste, Richard Deshayes, reçut une grenade offensive en pleine face durant la même manif et perdit un œil. Ce fut aussitôt l'effervescence dans les lycées. Granelle n'eut même pas besoin de dicter les consignes. Durant les journées de 68, Victor admirait les terminales qui montaient à la tribune des meetings. C'était désormais à son tour de brandir le mégaphone.

Les lycéens de Charlemagne s'entassèrent dans le gymnase du bahut. Un cadre de la JC tint le crachoir en expliquant que certes il était « juste politiquement » de protester contre l'arrestation de Guiot, lycéen innocent, mais qu'il serait totalement aventuriste de défendre le maoïste Richard Deshayes, qui avait sciemment agressé les flics. Victor lui arracha le micro des mains et se lança dans une diatribe destinée à pilonner cette argumentation misérable. Ce n'était guère difficile. Ainsi donc la police devait être fustigée quand elle arrêtait des innocents, mais elle avait tout à fait le droit de faire preuve de la plus extrême sévérité à l'égard des militants ? Curieuse conception de la défense des droits démocratiques ! Avec des raisonnements de cet ordre, la répression durant les journées de 68 aurait dû être accueillie avec fatalisme puisque les manifestants n'étaient pas apolitiques... Les applaudissements fusèrent. Les JC battirent en retraite. On en vint à la désignation du comité de grève. Victor fut élu.

La première décision fut d'investir le local où l'administration du lycée stockait le papier et la ronéo qui servait à la diffusion des circulaires et des courriers adressés aux familles. Tout le matériel fut réquisitionné pour tirer des tracts destinés à expliquer à la population environnante le sens du mouvement. La seconde décision consista à partir immédiatement à l'assaut des lycées de filles voisins, Sophie-Germain et Victor-Hugo, pour « aider les camarades » à rejoindre le mouvement.

Les portes de Sophie-Germain étaient cadenassées mais des peintres travaillaient sur une façade d'immeuble, tout près de là. Rien de plus simple que de leur emprunter une échelle pour escalader le mur et investir le gynécée de l'intérieur. Ce fut aussitôt la ruée. Scénario identique à Victor-Hugo. Il s'ensuivit quelques journées électriques qui culminèrent avec un grand sit-in, boulevard Saint-Michel, jusqu'aux abords du palais de justice, cerné par les CRS, où se tenait le procès en appel de Guiot. La Ligue menait le bal. Son service d'ordre casqué était massé entre la fontaine de la place et la façade de chez Gibert Jeune. Face à la flicaille. Guiot fut acquitté.

Malgré tous ses impairs et grâce au rôle qu'il avait tenu durant la grève à Charlemagne, Victor récupéra peu à peu le terrain perdu. Granelle lui ordonna de renforcer une équipe qui préparait les municipales de mars 1971 autour d'un travail de boîte à l'Imprimerie nationale, dans le XVe arrondissement. Un bastion stalinien. La crème de la crème : le Syndicat du livre. Des esprits prolétariens particulièrement éclairés. Des gros bras prêts à faire le coup de poing contre les provocateurs gauchistes. Les ventes du journal autour de l'Imprimerie nationale se déroulaient dans une ambiance assez rock and roll. Mieux valait avoir du souffle, courir vite et connaître par avance le plan du quartier pour échapper à un cassage de gueule en bonne et due forme.

La délicate affaire du Secours rouge fut vite oubliée et les relations avec Granelle virèrent au beau fixe quand surgit une nouvelle difficulté. Durant la préparation de ces élections municipales, les groupes gauchistes mitonnèrent une manifestation offensive contre un meeting d'extrême droite qui se tiendrait au Palais des sports. La soirée promettait d'être chaude. LO, une nouvelle fois, se drapa dans sa dignité d'organisation pro-lé-ta-rien-ne et décida de boycotter la manif contre Ordre nouveau. Il était hors de question de se livrer à des gesticulations petites-bourgeoises – et qui plus est d'un militarisme puéril – alors que l'urgence était de se tourner vers la classe ouvrière avec opiniâtreté et abnégation. Et, justement, « la classe » se contrefoutait des provocations ultra-minoritaires de l'extrême droite. Elle avait d'autres chats à fouetter avec ses revendications salariales, « la classe ». Mais il était bien entendu que si le danger fasciste venait à se confirmer, alors l'orga prendrait toutes les mesures adéquates et n'hésiterait pas à employer contre les fascistes des armes bien plus redoutables que les barres de fer et les cocktails Molotov utilisés par les dilettantes petits-bourgeois de la Ligue… Sacrebleu, c'est que ça chaufferait pour de bon, promis, juré, foi de bolchevik !

Victor n'en doutait pas mais s'engueula malgré tout avec Granelle. L'attitude de LO passait auprès des lycéens gauchistes qu'il tentait d'enrôler pour une désertion. Il suffisait d'une banderole, d'une délégation de l'orga au Palais des sports pour sauver les meubles. Granelle fronça les sourcils et assassina Victor du regard. Comment ? Il prétendait savoir ce qui était bon pour l'orga, en d'autres termes il entendait contribuer à déterminer sa ligne alors qu'il n'était qu'un sympathisant ? Bigre, à proférer de telles impertinences, il se rendait coupable d'un crime de lèse-prolétariat caractérisé. Malgré tout, Victor sentit que l'argument avait porté.

Quelques jours avant les élections municipales, Granelle le convoqua pour lui transmettre de nouvelles consignes. Il dut quitter l'équipe de l'Imprimerie nationale pour aller en renforcer une autre dont le terrain de chasse se situait à Aubervilliers. Pourquoi ? Inutile de poser la question, les voies de l'orga étaient impénétrables. Qu'à cela ne tienne ! Victor se plia à la discipline. Un samedi matin vers neuf heures, après un rendez-vous porte de la Villette, une petite colonne de voitures abritant une vingtaine de militants de LO s'arrêta aux abords d'une vaste cité de HLM. Le responsable de l'opération réunit les troupes et leur adressa un discours empreint de gravité. Lors d'une précédente tentative de vente du journal au porte-à-porte dans les bâtiments de cette cité, il y avait eu des « problèmes » avec les « stals ». Il n'était pas exclu que cela se reproduise. A bon entendeur, salut.

Haut les cœurs, chacun se mit en route avec son paquet de journaux ou de tracts sous le bras. A peine le petit groupe avait-il enfilé la rue qui permettait d'accéder à la cité que le piège se referma. Une trentaine de « démocrates sincères », tous encartés au PCF, tombèrent à bras raccourcis sur les trotskistes. Ce fut la débandade. Les coups de poing, de pied se mirent à pleuvoir, et malgré la consigne donnée – rester groupés à tout prix – quatre ou cinq copains furent durement tabassés. Victor reçut quelques baffes, se fit traiter de « pédé » par les « démocrates sincères », rebondit sur la carrosserie d'une camionnette mais réussit in extremis à prendre le large.

Au rencard-liaison suivant, Granelle but du petit-lait quand il lui narra sa mésaventure. Il voulait de la castagne ? Il en avait eu. Et c'étaient les staliniens, pas les flics, qui lui avaient collé une volée, la première de sa vie militante. Le soir de la manif au Palais des sports, tandis que des milliers de petits-bourgeois gauchistes affrontaient les CRS, Victor attendit sagement le livreur de journaux Salacri dans la brasserie du boulevard de Magenta, comme d'habitude.

*

La question de la riposte au meeting néo-nazi de la porte de Versailles fut longuement discutée au Dror. On y consacra une sih'a tout entière. Et, plus encore, le petit état-major du Mouvement, présidé par le sheliah', décida de tirer un tract destiné aux lycées parisiens. Un petit cortège de h'averim se fondit dans le flot gauchiste pour aller affronter les CRS. Haïm, de la plouga Atsmon, se fit coincer par les CRS et écopa d'un tabassage.

Quelques jours plus tard, un de ces tracts revint par la poste au local, copieusement annoté. « Sales juifs, Hitler est de retour ! En 1940, nos pauvres fils, nos maris sont morts pour vos sales gueules… », etc. Il fut reproduit tel quel dans *Kolénou*, pour rappeler que l'antisémitisme était toujours aussi virulent en France et que, décidément, la seule solution résidait dans le départ.

Les Juifs russes accélérèrent leur mobilisation afin d'arracher aux autorités soviétiques des visas d'émigration en Israël. Le Dror se démena tant qu'il put pour leur manifester son soutien, tandis que les institutions officielles de la communauté gardaient un silence prudent. Léa participa à plusieurs opérations commando au siège d'Aeroflot ou d'Intourist. Après un soigneux repérage, les h'averim investissaient les lieux, s'enchaînaient les uns aux autres, puis fixaient le premier maillon à un support solide. Avant que les flics débarquent, et emmènent tout le monde au commissariat, on avait le temps de chanter tout le répertoire du chiron' ou presque, et de se faire photographier par les journalistes, s'ils avaient daigné se déplacer.

Un petit groupe se décida même à mener une grève de la faim symbolique au mémorial du Martyr juif. Tout le Mouvement vint leur rendre visite durant les trois jours que dura l'action. L'atmosphère était à l'offensive. Depuis 68, les gauchistes interdisaient de parole quiconque brandissait un drapeau sioniste, fût-il socialiste. Situation intolérable. Motivés, les h'averim décidèrent de tenir un stand d'information au lycée Voltaire, bastion de l'extrême gauche. Le jour dit, la crainte était grande de voir l'affaire dégénérer en bagarre comme en 68 dans la cour de la Sorbonne, mais ce jour-là les gauchistes durent s'incliner. Quelques gros bras du Dror ou de mouvements amis, comme l'Hachomer Hatzaïr, s'étaient déplacés.

*

Eytan, l'ex-lycéen de Turgot, revint du Mah'on pour participer à l'encadrement des nouvelles générations du Dror. Sa prestance, son charisme, son ironie glacée séduisirent aussitôt Léa. Eytan, quant à lui, devint fou de la petite h'avera aux yeux verts, aux cheveux blonds. Léa fut effrayée par l'amour qu'il lui témoigna. Un amour adulte, puissant. D'une sincérité dévastatrice. Ils n'eurent que quelques semaines pour se connaître, se découvrir, se caresser. Les instances supérieures du Mouvement expédièrent en effet

Eytan au Maroc où il mena, clandestinement, un travail de recrutement auprès de la communauté juive locale. La mission n'était que temporaire. Un jour ou l'autre, il rentrerait. De son exil, il adressa à Léa de nombreuses lettres. Bouleversantes. Une coulée de lave, un feu de sensualité, de tendresse. Elle n'en finissait pas de les lire, de les relire, désemparée. De mouiller le papier de ses larmes. Elle ne se sentait pas prête. Pas suffisamment armée, suffisamment mûre pour livrer la bataille à armes égales. Elle préféra oublier Eytan. Sans jamais oser lui demander pardon.

*

Printemps 1971. LO et la Ligue défilèrent ensemble de la République jusqu'au mur des Fédérés pour célébrer le centenaire de la Commune de Paris. Immenses drapeaux rouges, banderoles flamboyantes, slogans martiaux : « La Commune vit dans nos poings ! » Et le refrain vengeur qu'on braillait à pleins poumons tout au long du boulevard Voltaire :

Sauf des mouchards et des gendarmes, on ne voit
plus par les chemins
Que des vieillards tristes en larmes, des veuves
et des orphelins,
Oui mais ça branle dans le manche, les mauvais
jours finiront,
Et gare à la revanche, quand tous les pauvres
s'y mettront !

La chanson du souvenir du massacre perpétré par les Versaillais. La Semaine sanglante. De la place de la République jusqu'au Père-Lachaise, Victor marcha main dans la main avec une fille de première du lycée Sophie-Germain qu'il était parvenu à convaincre de vendre le journal en sa compagnie tous les samedis après-midi devant les Magasins réunis. Autant joindre l'utile à l'agréable. Un couplet de *L'Internationale* suivi d'un baiser. Il faisait si beau.

Lors du week-end de la Pentecôte, LO tint sa première fête, une resucée en plus modeste de celle de *L'Huma*. Pour dresser les stands sur le terrain, assurer leur protection et ravitailler l'assistance, il fallut encore savoir faire preuve d'abnégation, de sacrifices, et Granelle ne relâchait pas la pression.

Après toutes ces émotions, il était temps de redescendre sur terre. La fin du mois de juin arriva très vite et, avec elle, le bac. Victor s'y fit recaler en raison d'un zéro pointé en maths. Le proviseur de Charlemagne, qui n'avait oublié ni la réquisition musclée de son matériel de reprographie, ni les cavalcades effrénées dans les couloirs, ni l'arrivée de filles – de filles ! – dans l'enceinte de son lycée à l'occasion de l'affaire Guiot, savoura sa vengeance et signifia à Victor qu'il était autorisé à redoubler dans un autre établissement. En d'autres termes, viré. Juillet. Il était déjà trop tard pour se préoccuper de ce problème. Victor se fit embaucher à la Société Générale, en remplacement des employés qui partaient en congé. Deux mois durant, il reçut au guichet de l'agence de la Bourse les touristes venus monnayer leurs travellers-chèques contre des devises. Le travail était simple, monotone.

Pendant la pause du déjeuner, il mastiquait un sandwich dans l'antre du Capital, la Corbeille, là où s'échangeaient les titres, les actions. Il vit s'y agiter quantité de jeunes gens guère plus âgés que lui, portant cravate et souliers vernis, qui hurlaient et communiquaient entre eux à l'aide de gestes abscons. A présent qu'il avait assimilé – à grand-peine ! – la logique implacable de la chute tendancielle du taux de profit, laquelle ne manquerait pas de précipiter le régime capitaliste dans un gouffre sans fin, il les tenait pour des fous. Des fous. Tout simplement.

Durant la première quinzaine de juillet, Granelle passa de temps en temps à l'agence de la Société Générale. Elle vint elle aussi grignoter un hot-dog à la cafétéria des sous-sols de la Bourse avant de partir en vacances. Victor avait renoncé aux siennes. Il ne savait plus trop où il en était. A quoi bon recommencer une année de terminale ? Après tout, oui, pourquoi ne pas rester à la Société Générale pour y faire son trou ? Oh, certes, les employés de banque faisaient pâle figure, comparés aux métallos au visage luisant de sueur à l'entrée du laminoir, ou aux mineurs qui descendaient au fond de la taille en craignant le coup de grisou, mais LO comptait déjà nombre de sympathisants dans le secteur tertiaire. Il fallait vivre avec son temps. Son époque. S'adapter.

Granelle fut catégorique. La réponse était négative. L'orga avait besoin de recruter en milieu lycéen pour alimenter le sacro-saint travail de boîte. Il fallait toujours plus de distributeurs de tracts, de colleurs d'affiches anonymes, toute cette piétaille qui permettait à l'organisation pro-lé-ta-rien-ne de fonctionner à plein rendement. Victor avait déjà fait ses preuves en ce domaine. Son expérience d'agitateur acquise à Charlemagne pouvait être rentabilisée ailleurs. C'est l'orga qui décidait. Il devait redoubler sa terminale. Au grand dam de Granelle, Victor réserva sa réponse et s'accorda un délai de réflexion. Rendez-vous fut pris pour septembre.

La silhouette de Granelle disparut dans un gracieux roulement de hanches au coin du palais Brongniart. Banco. Six semaines de liberté. Sans « rencard-liaison » au Paris-République. Sans lectures fastidieuses. Le rêve. Victor emplit ses poumons d'un grand bol d'air frais. Le brevet de révolutionnaire prolétarien tant envié, cette cooptation dans les rangs semi-clandestins de l'orga pouvait encore attendre. Pour le moment, adieu, veaux, vaches, cochons et composition organique du capital ! Paris se vida. Les rares militants restés à Paris au mois d'août se regroupèrent pour organiser les activités de façon souple ; tous les samedis matin, on se retrouvait avec nonchalance dans les arènes de Lutèce. Victor se permit même d'arriver en retard sans pour autant subir de remontrances. On vendait *LO* à l'entrée des cinémas du Quartier latin avant de rejoindre les spectateurs à l'intérieur de la salle, et la soirée se terminait dans les gargotes de la rue de la Huchette. Durant la dernière quinzaine d'août, Victor délaissa cette chaude camaraderie prolétarienne pour filer le parfait amour avec Magali, une de ses collègues de l'agence de la Bourse.

Elle avait dix-neuf ans. Comme Victor, elle s'était fait étendre au bac un an plus tôt et vivait dans un petit studio encombré de plantes vertes, rue de Charonne. Magali était très accueillante. Quand Victor lui expliqua qu'il allait peut-être faire carrière à la banque au lieu de redoubler sa terminale, elle l'engueula. Elle lui parla de l'ennui sans fin de son boulot, de la pendule qu'on surveillait en attendant l'heure du repas de midi, puis celle de la fermeture de l'agence, de l'éphéméride qu'on fixait dès le lundi matin dans l'espoir que le vendredi soir arriverait vite. Magali n'était décidément pas une prolétaire dotée d'une solide conscience de classe. Victor l'agaçait avec ses salades, aussi le congédia-t-elle très rapidement.

*

Durant l'été 1971, Léa se rendit une nouvelle fois en Israël. Le Mouvement l'expédia à Regavim, un kibboutz situé à une quinzaine de kilomètres de Césarée, avec tout un groupe de h'averim qui devaient effectuer le *mah'ané avoda*, littéralement le « camp de travail ». La première prise de contact avec la réalité kibboutzique. A leur descente d'avion, un camion vint les prendre en charge pour les mener jusqu'à cette petite colonie agricole d'à peine trois cents âmes, où certains d'entre eux viendraient s'installer définitivement l'année suivante. Après une brève cérémonie d'accueil, on les dirigea vers les orangeraies pour qu'ils participent à la cueillette. Tous ensemble. Après quoi chacun opta pour une activité spécifique, en accord avec ses affinités. La serre où l'on cultivait les roses, l'usine de conditionnement plastique, les champs de coton…

Léa se prit d'affection pour les vaches et choisit donc un poste à l'étable. Levée à quatre heures du matin, elle partait la fourche à l'épaule vers les silos à grain, répandait le foin pour nourrir les bêtes, changeait leur litière, et pataugeait dans le fumier avec entrain. Elle apprit également à fixer les capteurs de la trayeuse automatique sur les pis, à soigner les veaux qui venaient de naître. La journée de travail s'achevait à midi. Léa gravissait alors les barreaux de l'échelle qui permettait d'atteindre le sommet de la cuve emplie de lait frais, y plongeait une louche et absorbait sa ration de calories avant de partir se battre à grands coups de jet d'eau avec les h'averim couverts de purin de la tête jusqu'aux pieds. Après s'être changés, ils déjeunaient à la salle de restaurant, le *h'eder hoh'el*, située au centre du kibboutz et entourée de bosquets fleuris. Après quoi venait le temps du farniente au bord de la piscine.

Regavim était un kibboutz principalement peuplé de Juifs originaires des pays d'Afrique du Nord, et donc largement francophones. Les *banim*, les jeunes autochtones, étaient très attirés par les h'averot aux cheveux blonds qui débarquaient de France. Léa flirta vaguement avec l'un d'eux. Il l'accompagna lors des *tyoulim*, les excursions qu'organisait le secrétariat du kibboutz à l'attention des futurs immigrants qu'il convenait de choyer. Tassés à l'arrière d'un camion à plate-forme, les fesses meurtries à chaque cahot, les h'averim partirent visiter les vestiges de la forteresse de Massada, plongèrent avec masque et tuba dans les eaux de la mer Rouge, bivouaquèrent sur les sables du Néguev où ils se firent vampiriser par des moustiques gros comme le poing, se baignèrent dans les sources bouillonnantes d'eau chaude d'Ein Guedi…

Le soir, ils rentraient à Regavim épuisés et s'affalaient sur leurs lits, sans même remarquer que d'autres h'averim, plus âgés, montaient la garde autour du kibboutz, les armes à la main. Parfois, Léa partait en Jeep jusqu'à la plage de Sdot-Yam, avec Daphna, une des amies de la plouga. Une jeune Américaine y vivait dans une cabane, seule. Sans lien apparent avec la société. Nue comme une sirène, elle semblait passer sa vie à jouir du soleil, de la chaleur, des caresses de la mer. Léa et Daphna la contemplaient, émerveillées.

A la fin du mois d'août, les h'averim reprirent l'avion pour Paris. Le camp de travail était terminé. Léa retrouva sa chambre, minuscule, dans l'appartement de ses parents. Le petit divan qu'elle dépliait tous les soirs, le bureau où s'entassaient les manuels d'allemand, d'espagnol, sans oublier le sinistre Gaffiot… Et aussi quelques vestiges de son enfance, une poupée, des dessins. Il était temps de tourner la page. Définitivement.

*

Dès les premiers jours de septembre, tandis que Léa entrait en terminale à Jules-Ferry, l'apprenti bolchevik Victor tenta de se faire inscrire au lycée Voltaire, puis Arago, en pure perte. En désespoir de cause, il alla traîner aux abords de Charlemagne. Il n'avait pas été le seul à se voir évincé, et des situations semblables se retrouvaient dans la quasi-totalité des lycées parisiens. Peu à peu, les exclus se regroupèrent pour assiéger les locaux du rectorat, rue Jacob. Avec une cinquantaine de ses congénères, tous militants maos, trotskistes ou anars, Victor protesta contre la répression. Dans la crainte de voir l'affaire prendre de l'ampleur, le rectorat dispersa les trublions en priant les responsables d'établissement de les réinscrire sans tarder. Le proviseur de Charlemagne ne céda pas mais convainquit son confrère de Turgot d'accepter Victor.

L'entretien d'accueil dans le bureau lambrissé du « protal » fut tout sauf cordial. Victor était prévenu, on connaissait son pedigree, à la moindre incartade ce serait la porte. Cause toujours. Avec un peu plus de discrétion qu'auparavant, il proposa son journal aux lycéens de Turgot qu'il côtoyait désormais. Et notamment à Yoram, dont il ignorait l'appartenance au Dror et plus encore à la plouga Atsmon.

Un fil avait été renoué avec les gars de chez Danzas. Il fallait recommencer tout le travail à zéro en y allant tout doux à propos des nationalistes palestiniens. Un seul mot d'ordre : éviter de parler de Yasser Arafat ou de Nayef Hawatmeh, mais on n'en pensait pas moins. Le jour viendrait où les prolétaires de Danzas réaliseraient qu'ils avaient succombé, eux aussi, à la contagion petite-bourgeoise. Tout était affaire de patience.

Grâce aux salaires gagnés à la Société Générale, Victor s'acheta une Mobylette. Ce fut un soulagement. Au lieu de perdre des heures et des heures dans le métro, il fonçait désormais à travers Paris, de Turgot à Danzas, de la République jusqu'à la porte de Charenton, transportant dans ses sacoches tracts, journaux et affiches. Un soir de novembre, durant le traditionnel rencard-liaison, Granelle lui annonça qu'elle avait réfléchi et qu'il y avait du nouveau. Le ton était inhabituel. Victor sentit ses paumes devenir moites. Arriva la suite, lourde de sous-entendus. « Nous » avons décidé de te faire franchir un pas supplémentaire en direction de l'orga… Victor affecta d'accueillir la nouvelle avec détachement, mais son cœur battait à tout rompre.

Rien n'était encore joué. Une semaine plus tard, il fut convoqué par une « commission d'intégration ». En fait, Granelle lui demanda de se rendre à dix heures du soir dans une brasserie de la porte d'Orléans. Quand il pénétra dans la salle, il aperçut deux autres lycéens de LO, croisés lors de collages ou de ventes aux quatre coins de la région parisienne, qui attendaient à des tables séparées, tremblants de trouille tout comme lui. Il comprit intuitivement qu'il n'était pas souhaitable d'aller rejoindre l'un ou l'autre de ces novices et qu'il valait mieux s'installer à l'écart. Peu après, deux types à l'œil soupçonneux pénétrèrent à leur tour dans la brasserie. Victor reconnut l'un d'entre eux. C'était une huile de l'orga, sans aucun doute. Durant les meetings à la Mutu, même s'il ne prenait pas la parole, il était assis à la tribune. Pendant la préparation de la fête, il arpentait le terrain, un plan des lieux entre les mains, distribuant les ordres, preuve supplémentaire de ses hautes fonctions dans la hiérarchie de l'avant-garde du prolétariat. Les nouveaux venus se dirigèrent vers le premier lycéen pour s'occuper de son cas. Victor attendit. Au bout d'une demi-heure de palabres, ils rejoignirent le deuxième. Nouveau conciliabule étouffé par le vacarme des flippers et les gueulantes que poussaient trois poivrots agrippés au comptoir voisin.

Enfin vint le tour de Victor. Le dirigeant qui siégeait à la tribune durant les meetings feuilleta un petit calepin couvert de notes. Les renseignements fournis par Granelle y étaient consignés. La conversation s'engagea. Les précautions oratoires étaient superflues. Victor savait pourquoi il était là. Commença alors un interrogatoire en règle à propos de sa brève carrière militante. Il paraît qu'il y a eu des problèmes politiques avec toi, c'est résolu, maintenant ? demanda le dirigeant, méfiant. Son acolyte grommela quelques paroles incompréhensibles qui, d'évidence, satisfirent le chef. Celui-ci prit son inspiration et réitéra un discours déjà entendu. Nous sommes une organisation pro-lé-ta-rien-ne, et tout le tremblement. Le dirigeant questionna Victor sur sa lecture des classiques du marxisme, sans parvenir à le coincer. Il n'y avait apparemment pas de lacune. Soudain, son acolyte qui s'était mis à somnoler sursauta et lança une torpille meurtrière. Tu es en terminale philo, c'est ça ? T'as lu *Matérialisme et Empiriocriticisme*, de Lénine ?

Il n'avait pas lu. Les membres de la commission d'intégration hochèrent longuement la tête, navrés. Victor tenta pitoyablement de botter en touche en expliquant que Granelle ne lui avait jamais proposé ce livre. La réponse ne se fit pas attendre. Tu aurais pu avoir la curiosité de te le procurer sans qu'on te le demande ! Imparable. Tout se passait comme si, en terminale philo, le réflexe adéquat était de se précipiter sur *Matérialisme et Empiriocriticisme*, ce texte obscur et torturé, que Vladimir Ilitch avait certainement écrit dans un moment d'égarement ou de dépression. Victor se mordilla les lèvres, conscient d'avoir gaffé. Ce n'était qu'une fausse alerte. La commission bicéphale ne tarda pas à rendre son verdict.

Victor était intégré dans un « cercle ». Il allait entamer un stage de dix-huit mois avec d'autres jeunes dans sa situation, encadrés par un militant expérimenté, chargé de suivre leurs activités. Si à l'issue de ce délai chacun des membres du cercle n'avait pas personnellement recruté un ouvrier, un vrai de vrai, il serait rejeté. Il était hors de question de rester à discuter entre intellectuels petits-bourgeois, l'orga n'avait rien à faire d'une telle engeance, il s'agissait de prouver sa capacité à nouer des relations solides avec la classe.

Si le stage se révélait positif, Victor rejoindrait enfin les rangs des militants dignes de confiance. Une clause supplémentaire : les stagiaires devaient verser une « cotise exceptionnelle » d'un montant largement supérieur à celui qu'ils consentaient habituellement. Au point où il en était, Victor haussa les épaules, l'air de signifier que cela allait de soi. Le reliquat des salaires de la Société Générale lui laissait encore quelques marges, même après l'achat de sa Mobylette. La commission bicéphale quitta la salle. Victor sentit son estomac se dénouer. Mais soudain l'acolyte revint vers lui. Il faut évidemment que tu lises au plus vite *Matérialisme et Empiriocriticisme*, chuchota-t-il, c'est indispensable !

Victor acquiesça, puis resta quelques minutes seul au fond de la brasserie dont le patron commençait à ranger les tables. Il flottait sur son petit nuage. Peu après, il enfourcha sa Mobylette et remonta l'avenue d'Orléans sous la pluie, musarda de Montparnasse jusqu'à Châtelet, République et Nation, follement heureux, avant de rentrer chez lui et de sombrer dans un sommeil visité par des rêves d'insurrection, de barricades, mais surtout de rencards-liaisons durant lesquels il enseignait le b-a ba de la science trotskiste à de jolies lycéennes qui se pâmaient devant son savoir avant de se plier à ses caprices érotiques. Il alla même jusqu'à commettre un sacrilège en convoquant Granelle dans ces ébats fantasmatiques, lui assignant le rôle de grande prêtresse chargée d'initier les novices aux différentes figures du *Kama-sutra*.

*

Durant l'hiver 1972, un nouveau venu poussa la porte du local du Dror, boulevard Voltaire. Jil. Un Juif sépharade, d'origine égyptienne. Un copain de lycée, à Balzac, l'avait traîné jusque-là en lui laissant entendre qu'il pourrait y rencontrer des filles. Jil était un loubard sans foi ni loi. Des mois durant, il avait fréquenté une bande dont le territoire s'étendait de la butte Montmartre jusqu'à Barbès, à tel point qu'un curé s'était chargé de proposer ses services pour ramener ces brebis égarées dans le droit chemin. Le prêtre en question deviendrait célèbre quelques années plus tard sous le nom de Guy Gilbert... Jil, qui n'en était pas à une contradiction près, fila entre les doigts des rabatteurs de l'Église catholique pour rejoindre les rangs des disciples de Boroh'ov. Le discours marxisant qu'on délivrait de sih'a en sih'a ne le surprit guère, même s'il l'ennuyait profondément. Son père avait jadis été membre du Parti communiste et lui avait longuement parlé de son expérience. Jil ne tarda pas à croiser Léa lors des réunions au local du boulevard Voltaire. Les h'averim des différentes plougot passaient fréquemment la nuit au local, à y dormir tous ensemble. Ce qui facilitait énormément les contacts.

Le père de Jil, excédé par les mauvais résultats scolaires de son cancre de fils, décida de le mettre purement et simplement à la porte. Commença alors une période incertaine avant que Jil puisse réintégrer, clandestinement, une chambre de bonne dépendant de l'appartement familial, rue Caulaincourt, grâce à la complicité de sa mère. Léa allait l'y rejoindre quand elle le pouvait, déjouant la méfiance de ses propres parents en prétextant quelque mah'ané surprise, ou autre répétition de messiba concoctée par les instances supérieures du Mouvement.

Jil décida de ne pas poursuivre ses études. La perspective d'un départ au kibboutz tombait à pic : le soleil, les orangeraies, les plantations de coton, rien de tel pour oublier l'air vicié qu'il avait respiré jusqu'alors. La plouga Atsmon en était arrivée au point de non-retour. Ceux qui renoncèrent à leur alya durent « quitter », quant aux autres, ils se préparèrent au départ, programmé pour l'automne suivant. A dire vrai, Jil n'était pas un sioniste convaincu, il voulait surtout vivre en communauté, rêve que nombre de baba-cools de l'époque commençaient à mettre en pratique, dans les montagnes cévenoles, perdus en pleine nature au milieu de leurs troupeaux de chèvres. Et s'il devait partir au kibboutz, ce serait avec Léa.

En attendant le grand jour, il se fit embaucher comme chauffeur-livreur chez… Danzas et sillonna Paris et la banlieue au volant de sa camionnette. Une grande partie de son salaire était aussitôt reversée dans la koupa. A la sortie des entrepôts, il empochait sans y prêter aucune attention le bulletin de boîte que Victor diffusait devant les grilles.

*

Aristide Lachésis hocha la tête, à demi soulagé. Au service des Archives, il s'était fait remettre le dossier Jil/Léa. Du solide. De l'irréfutable. Du cousu main. Léa avait craqué devant cet escogriffe qui cachait un cœur d'or sous sa tignasse et ses vilaines manières. Et Jil, du haut de son mètre quatre-vingt-quinze, s'était fait tout petit devant la poupée. En quelques semaines, tous les h'averim se rendirent à l'évidence : le Mouvement, une fois de plus, avait engendré une grande histoire d'amour. Eveinou shalom aleichem !

Après des mois d'inquiétude, d'angoisse, Aristide commença à se persuader que la bavure dont il s'était rendu coupable en précipitant un motard au beau milieu de la rue Cambon le 21 juin 1973 aux environs de seize heures n'entraînerait aucune conséquence dommageable. Certes, Victor et Léa allaient se rencontrer, mais ils étaient à présent si éloignés, si différents l'un de l'autre qu'ils ne risqueraient pas d'attirer l'attention des spécialistes du contentieux de la Section érotique. Victor, abominablement sérieux, ne relevait jamais la tête de ses classiques du marxisme, alors que Léa éclatait de joie de vivre. Aussi Aristide renonça-t-il à toute tentative en vue de les rapprocher, préférant les abandonner à leur sort.

Il s'en ouvrit à Monsieur Hasard et lui confia toutes ses notes, réunies dans un copieux dossier. Le Boss compulsa distraitement la liasse de papier pelure et se rangea à son avis.

– Continuez malgré tout d'ouvrir l'œil ! ordonna-t-il.

Aristide était bien décidé à obéir.

*

Le cercle auquel fut rattaché Victor se réunissait tous les dimanches soir, chez un membre du groupe étudiant en maths, qui habitait un minuscule studio près de Censier. Entassés dans ce réduit, les stagiaires exposaient le bilan de leur semaine à Balou, une femme d'une quarantaine d'années, à la poitrine plus qu'imposante mais qui n'avait pourtant rien d'une nounou. Elle était si aimable qu'auprès d'elle Granelle aurait aisément fait figure de boute-en-train. Au fil des réunions, tout était passé au crible de la critique, du moindre détail du travail de boîte jusqu'aux réflexions personnelles à propos de la ligne de l'orga. Sur ce chapitre, Victor avait appris à louvoyer. Puisque ce semblait être la règle du jeu, il attendrait encore dix-huit mois avant de faire part de ses remarques, qu'il commença à consigner sur un cahier.

L'intégration dans le cercle comportait certains avantages, autant de bénéfices secondaires qui accompagnaient la cure de purification censée amener les impétrants à se débarrasser des oripeaux de leur passé lourdement entaché de souillure petite-bourgeoise. On y distribuait des brochures qui n'étaient pas diffusées publiquement, des textes relatifs à l'histoire ténébreuse de l'orga. Tout cela était éminemment conspiratif. Il était bien entendu que la divulgation de ces feuilles ronéotées et rongées par les mites équivaudrait à un crime de haute trahison.

Les lourdes tentures rouges qui masquaient les origines de l'orga s'écartaient avec une lenteur majestueuse, et la créature apparaissait enfin, parée de tous ses atours affriolants. LO était l'héritière d'une certaine Union communiste, fondée dans les années quarante par un immigré roumain surnommé Barta. Elle avait connu une brève heure de gloire en 47 lors d'une grève aux usines Renault, la forteresse prolétarienne, grève que les staliniens n'étaient pas parvenus à juguler en temps utile. Malgré ce succès, l'Union communiste s'était émiettée au début des années cinquante. Barta faisait figure d'ancêtre vénéré dont on ne prononçait le nom qu'avec d'infinies précautions, ange tutélaire qui veille tout là-haut, au paradis des maîtres à penser. Il doit sans doute, à l'occasion, faire une petite partie de poker menteur avec Beer Boroh'ov, en évoquant le bon vieux temps.

Balou organisa une sorte d'interro écrite à propos d'un des textes de Barta, un rapport daté de 1943, lequel précisait les éléments de « méthodologie organisationnelle » que LO s'acharnait à défendre bec et ongles dans les années soixante-dix ! Victor manqua de défaillir à la lecture de cet opuscule.

Comment comparer la situation vécue durant l'occupation nazie et celle des groupes gauchistes qui accueillaient en leur sein des milliers de jeunes, tenaient des meetings publics, arpentaient le pavé parisien en défilant derrière des banderoles ? Balou tint ferme le cap, obstinément. Il fallait assimiler ce credo. Le rapport de 43 et rien d'autre. Barta avait creusé le sillon, s'en écarter eût été pure hérésie. Depuis la guerre, rien n'avait fondamentalement changé. Apparemment, malgré les Trente Glorieuses et nonobstant l'explosion de 68, il était toujours minuit dans le siècle. Les stagiaires n'étaient pas au bout de leurs surprises.

Un dimanche après-midi, lors d'une des séances de frappe de stencil et de ronéotage du bulletin destiné à Danzas, Salacri conseilla à Victor la lecture des *Jours de notre mort*, de David Rousset. Le récit de la déportation d'un militant trotskiste qui avait eu à subir les persécutions nazies, et conjointement, jusque derrière les barbelés de Buchenwald, celles des staliniens. C'était bien parce qu'il avait dissimulé son appartenance politique qu'il avait réussi à survivre. Victor retrouva ses marques. De ses lectures de l'année 67 à la bibliothèque municipale du XIe arrondissement – des Alliés qui avaient ouvert les portes jusqu'aux *Jours de notre mort* – il lui semblait avoir parcouru un chemin cohérent, sans faute.

Salacri n'avait pas suggéré cette lecture à la légère. A la prochaine réunion du cercle, il fut justement question des *Jours de notre mort*. Balou se lança illico dans un grand discours. Voilà un texte admirable, s'exclama-t-elle. Une galerie de portraits de militants qui n'ont jamais renoncé à leurs convictions, même dans les camps, qui ont gardé la tête haute dans l'odeur infecte échappée des cheminées des crématoires. La menace d'une balle dans la nuque ou d'une pendaison ne les a pas fait céder. Oui, c'est cela, insista Balou, la voix secouée de sanglots à peine retenus, c'est de camarades de cette trempe dont l'orga a besoin !

Elle avait poussé le bouchon un peu trop loin. Les stagiaires échangèrent des regards consternés. Balou, perspicace, se rendit compte qu'il y avait un malaise. L'étudiant en maths toussota afin de s'éclaircir la voix et chercha ses mots pour expliquer qu'à son humble avis, la tirade de Balou était sujette à caution. Victor le dévisagea avec compassion. Il allait s'en prendre plein les dents, celui-là, ça n'allait pas faire un pli. Mieux valait ne pas le suivre sur un terrain aussi bourbeux, c'était plus sûr.

En effet, poursuivit l'imprudent, comment peut-on préjuger du comportement de tel ou tel militant dans une situation aussi critique que celle de la déportation ? Et, de façon plus générale, face à une répression féroce ? Il est de notoriété publique qu'on a vu les plus forts s'effondrer devant la simple menace de la torture sans qu'on puisse pour autant les considérer comme des salauds. Tout le reste n'est que foutaises et rugissements de matamore !

Les stagiaires hochèrent la tête à l'unisson, approuvant ainsi cette remarque frappée au coin du bon sens. Balou écarquilla les yeux. De mémoire de bolchevik, jamais on n'avait vu pareille impertinence. Ce soir-là, la réunion du cercle s'acheva dans la confusion. C'est à peine si la maîtresse de cérémonie songea à ramasser les cotises.

Parallèlement au travail de boîte et aux réunions du cercle, Victor reprit son bâton de pèlerin pour reconstituer un petit réseau entre ses ex-copains de Charlemagne et ceux de Turgot. C'était maigre, mais ça tournait. Un soir, vers dix-huit heures, lors d'une vente du journal au métro Saint-Paul, débarqua une escouade d'une quinzaine de fascistes.

Crânes rasés, rangers, le doute n'était pas permis. Le rapport de force était défavorable, la prudence incitait à déguerpir, et vite. Les fascistes, les « fafs » dans le jargon en usage, regardèrent avec un plaisir évident les « bolchos » déserter le terrain. L'occasion était trop belle, autant leur faire la course, avec un peu de chance, on pourrait les tabasser dans un renfoncement de porte cochère, à l'abri des regards.

Victor n'en menait pas large. Les vendeurs de *LO*, cinq ou six, pas plus, restèrent groupés en traversant la rue du Faubourg-Saint-Antoine. Deux de ces vendeurs étaient élèves en seconde. Maigrelets, chétifs. Les « fafs » leur emboîtèrent le pas. Victor était prêt à pénétrer dans le premier troquet venu pour mettre son petit monde à l'abri en attendant mieux quand une de ses recrues lui annonça tout de go qu'il existait une solution bien plus efficace. Sans attendre l'aval de Victor, il commença à courir en remontant la rue Pavée. Le groupe suivit. Il faisait déjà nuit. Le rythme de la course s'accéléra d'autant plus que les assaillants ne lâchaient pas prise. Victor galopait, son paquet de journaux sous le bras, persuadé qu'il allait écoper d'une raclée quand sa recrue, à quelques mètres devant lui, obliqua soudain sur la gauche pour entrer dans la rue des Rosiers en beuglant à tue-tête : « Israël vivra ! » Ce fut un coup de maître. Les autres reprirent le slogan. Par pur réflexe. Ils étaient tous juifs, Victor était bien le seul goy de la bande. Les commerçants, autour de chez Goldenberg, intrigués par ce raffut, sortirent de leur boutique et notamment les bouchers avec leur couteau à la main. Victor entendit derrière lui les « fafs » qui freinèrent des quatre fers, épouvantés, et firent aussitôt machine arrière. La cavalcade se poursuivit jusqu'à la rue des Écouffes, dans un énorme éclat de rire.

*

Aristide Lachésis avait réglé son téléchronoscope sur le pilotage automatique et somnolait dans son bureau. Lorsque retentit la sonnerie d'alerte et qu'il entendit Victor crier « Israël vivra ! », il manqua de s'évanouir. Il paniqua, repassa la bande sur l'écran de contrôle et ne retrouva son calme que quelques secondes plus tard, après avoir compris que la brusque conversion de Victor au sionisme ne résultait que d'un grossier stratagème. Non, décidément, tout semblait conforme aux prévisions.

*

Le 10 janvier 1972, sept fonctionnaires antillais ou réunionnais entamèrent une grève de la faim pour obtenir l'abrogation de l'ordonnance Debré de 1960, qui autorisait les préfets des DOM à « exiler en métropole tout fonctionnaire dont le comportement serait de nature à troubler l'ordre public ». M. Miron, prof de philo au lycée Turgot, était du nombre. Victor se trouva au pied du mur. Il était hors de question de ne pas prendre part au mouvement de solidarité qui se dessinait. Lors d'un rendez-vous avec Granelle au Paris-République, il supputa les risques. S'il sortait du bois, il se ferait exclure. Le proviseur avait été clair lors de son admission en octobre. L'épée de Damoclès était suspendue au-dessus de sa tête. Mais s'il restait à l'écart, la Ligue raflerait la mise. Le bahut était déjà en ébullition.

A l'AG qui se déroula le 17, Victor empoigna le mégaphone, la gorge sèche. Dans les jours qui suivirent, il participa en tant que représentant des lycéens de Turgot à un meeting avec l'Association des étudiants martiniquais, prit la parole lors d'un rassemblement devant l'hôtel Matignon, à une conférence de presse à la Bourse du travail, et défila en tête de la manif qui se tint le 26 devant la gare du Nord.

Si Victor a gardé un souvenir si précis de ces péripéties, vingt-cinq ans plus tard, c'est tout simplement parce que Granelle lui avait demandé de rédiger un article pour le journal, article qu'il a soigneusement conservé tel un trophée. A présent, l'heure de vérité avait sonné. Viré ou non ? Le proviseur de Turgot s'abstint de faire donner l'artillerie lourde. La majorité des profs, via leur section syndicale, avaient pris part au mouvement. Dans ces conditions, brandir le bâton contre les dirigeants lycéens n'aurait abouti qu'à envenimer les relations au sein de l'établissement.

Au cercle, ce fut la gloire. L'article de Victor était paru dans *LO* en pleine page. Balou oublia l'épisode cuisant de la révolte sournoise qui avait failli faire vaciller son autorité quelques semaines plus tôt et à laquelle Victor avait eu la faiblesse de ne pas prendre part trop ouvertement. Il fallait cajoler le leader qui pouvait désormais se présenter à la porte des lycées parisiens et être entendu. Mais le cœur n'y était plus. En cours de route, Victor s'était rendu coupable d'une petite saloperie. Il n'était pas le seul militant de l'orga présent à Turgot. Isaac, un jeune sympathisant, s'était bien gardé de prendre la parole au mégaphone pour exhorter les lycéens à cesser les cours et à tenir un sit-in quasi permanent sur la rue de Turbigo. Le clone de Granelle qui le voyait en liaison, un petit moustachu au teint grisâtre qu'on appelait Versot, cuisina Victor à propos de la désertion de son protégé. Harcelé de questions, celui-ci lâcha le morceau. Isaac s'était dégonflé. Victor chercha aussitôt à adoucir son propos, il ne fallait pas en vouloir à Isaac, qui avait tout le temps de rattraper sa faute. Peine perdue. L'abominable Versot avait déjà tout noté sur son petit calepin. Victor, insensiblement, était passé du côté de ces « nous » qui pouvaient demander des comptes.

Granelle, désormais persuadée qu'il était un orfèvre en la matière, lui demanda de venir vendre le journal à la sortie de son propre bahut, un lycée professionnel situé porte de Pantin. Elle avait repéré un groupe de terminales qui cherchaient un contact avec l'extrême gauche, sans l'avoir trouvé jusqu'à présent. Il suffirait, comble de malchance, qu'un dilettante de la Ligue pointe le bout de son nez dans les parages pour encaisser le jack-pot. Victor s'étonna. Pourquoi Granelle ne faisait-elle pas elle-même le travail ? C'est que son statut de prof la plaçait dans une situation d'autorité qui interdisait toute discussion sereine. Je les intimide beaucoup trop pour qu'ils acceptent de discuter politique avec moi, expliqua-t-elle avec un accent de contrition des plus sincères.

Victor réprima un sourire. L'aveu était de taille. Soit, il irait. Granelle lui précisa les heures de sortie de ses terminales. La porte de Pantin, on s'y rendait d'un coup de Mobylette, quoi de plus facile ? Mission accomplie. En trois semaines, le petit groupe fut accroché. Victor avait isolé les éléments les plus intéressants et, à chacune de ses visites, les emmenait au troquet du coin pour leur parler de la révolution prolétarienne. La routine. C'est au cours de sa quatrième visite que le séisme eut lieu.

Victor, fidèle au poste, son paquet de journaux à la main, attendait ses proies. Qui n'arrivaient pas. Il y avait sans doute un os dans l'emploi du temps. C'est alors qu'il vit Granelle sortir du bâtiment au milieu d'un groupe d'autres profs. Elle se dirigea droit sur lui. Au moment où elle s'apprêtait à passer le portail, Victor tendit la main à la bolchevik de fer qui avait guidé ses pas depuis deux ans. Pour la lui serrer. Tout simplement. Entre camarades, rien de plus naturel. Granelle se cabra, rougit et dépassa Victor en feignant l'indifférence. Il était habitué aux sautes d'humeur de la donzelle et ne s'en formalisa pas. D'ailleurs, puisque le rendez-vous avec les terminales techniques venait de tomber à l'eau, il était inutile de s'attarder. Il avait organisé un collage près de Danzas avec le groupe de lycéens recrutés à Turgot et Charlemagne. Autant se rendre sur place immédiatement, histoire de vérifier que tout tournait rond, que les uns avaient bien préparé la colle, les autres les affiches. Le collage se passa sans problème. La journée n'était pas terminée pour autant. L'orga tenait en effet un meeting à la Mutu le soir même. Victor était désormais membre du service d'ordre. Il ne s'agissait pas de rater le rendez-vous préparatoire.

De Danzas jusqu'à la Mutu, de la porte de Charenton jusqu'au Quartier latin, il fonça sur sa Mobylette, les doigts gourds. Il avala un sandwich et un demi dans un bar-tabac de la rue des Écoles. Catastrophe, en fouillant ses poches, il s'aperçut qu'il avait oublié chez lui sa lampe de poche. Il ne lui restait que quelques francs, une somme ridicule qui ne permettait pas d'en acheter une neuve. Il anticipait déjà la gueulante de Salacri, le responsable de son groupe, devant cette faute impardonnable. Chaque membre du service d'ordre devait impérativement être pourvu de cet ustensile. Il était en effet prévu qu'en cas de problème durant le meeting les responsables siégeant à la tribune plongeraient aussitôt la salle dans l'obscurité. La seule force organisée à même de réagir face à l'adversité serait donc le service d'ordre, détenteur de la lumière produite par des dizaines de torches électriques individuelles ! Il suffisait d'y penser.

A sa première convocation dans les rangs de la garde prétorienne de l'orga, Victor n'avait pu s'empêcher de remarquer qu'à son avis l'extinction des feux dans cette salle de deux mille places générerait une panique difficilement rattrapable. Salacri, sergent major de ladite garde prétorienne, lui avait rabattu vertement le caquet. Et Victor s'était écrasé, comme d'habitude. Ce soir-là, il se présenta devant son responsable de groupe, penaud, prêt à confesser sa négligence. Salacri était un gradé prévoyant. Il savait ses troupes susceptibles de légèreté. Des torches électriques, il en détenait quelques-unes en réserve. Il en confia une à Victor, non sans l'avertir que la prochaine fois il ne pourrait se montrer si compréhensif.

Peu à peu, la salle se remplit. Victor se tenait près de la tribune ornée de drapeaux rouges, d'étendards pourpres frappés de la faucille et du marteau. Il était chargé, en cas de problème, de protéger l'un des accès qui permettaient une évacuation rapide des orateurs vers les coulisses. C'est alors qu'il aperçut Granelle, en pleine discussion avec le dirigeant qui présidait la commission bicéphale, lors de cette cérémonie à la suite de laquelle, quelques mois plus tôt, il avait été intronisé dans la confrérie des bolcheviks. Il lui adressa un petit signe de la main, un salut machinal. Presque affectueux. Granelle délaissa aussitôt son interlocuteur pour fondre sur Victor.

Vingt mètres les séparaient. Elle était plus belle que jamais, avec sa crinière brune flottant sur ses épaules, ses cuisses nerveuses qui tendaient le tissu de sa jupe, ses seins qui tressautaient sous la dentelle de son chemisier. D'une voix haut perchée, elle tança durement la petite sentinelle. Tu es vraiment le dernier des inconscients ! lança-t-elle.

Telle fut l'entrée en matière. Victor ne comprit pas à quoi elle faisait allusion. Durant une fraction de seconde, il repassa mentalement en revue les événements des derniers jours, ventes, collages, réunions, sans parvenir à y déceler la moindre scorie petite-bourgeoise, le plus petit soupçon de dilettantisme. A moins qu'elle ne fût déjà au courant pour l'affaire de la lampe de poche ? Granelle ne décolérait pas. Tout à l'heure, poursuivit-elle, devant le portail du lycée, tu as voulu me serrer la main ! Comme si on se connaissait ! Personne dans mon bahut ne sait que je milite ! La prochaine fois, tiens-toi à carreau, ne me fais plus courir de risques !

Elle tourna les talons, sa croupe ondula voluptueusement dans la travée qui séparait les fauteuils sur lesquels avaient pris place quantité de prolétaires désireux d'écouter le message qu'allait leur délivrer l'orga. *Ne me fais plus courir de risques ?* Un véritable maelström, un typhon dévasta le crâne de Victor. Il n'avait pas rêvé, il avait bien entendu. *Ne me fais plus courir de risques !* Il sentit le sang refluer de son visage, serra les dents et ferma les yeux. Salacri remarqua son trouble, sans pour autant percer la raison de sa pâleur soudaine. Victor lui restitua d'une main tremblante la lampe de poche confiée quelques minutes plus tôt. Il n'en aurait plus besoin. Les organisateurs du meeting avaient mis un disque sur la sono de la Mutu, histoire de galvaniser l'assistance. *L'Appel du Komintern*. Un de ces refrains qu'on braillait durant les manifs.

Quittez les machines, dehors prolétaires,
Marchez et marchez, formez-vous pour la lutte,
Nous ne craignons pas la torture ni la mort,
En avant prolétaires, soyons prêts, soyons forts !

La torture et la mort ! S'il était besoin d'une goutte d'eau supplémentaire pour faire déborder le vase, celle-ci s'avérait superflue. Victor quitta la Mutu, son casque sous le bras, et récupéra sa Mobylette garée devant l'église Saint-Nicolas-du-Chardonnet, toute proche. Il s'autorisa enfin à pleurer tout son saoul. Larmes, sanglots, cela dura près d'un quart d'heure. La part du chagrin, avant celle de la colère. *Ne me fais plus courir de risques !*

La messe était dite. L'idole venait de chuter. La statue du Commandeur s'était fracassée. Granelle n'était qu'une apparatchik sans envergure qui envoyait ses ouailles au casse-pipe en se tenant soigneusement à l'écart de toute éclaboussure. Après ses heures de travail, elle endossait sa tunique de révolutionnaire professionnelle comme on enfile un costume de carnaval, assurée de bénéficier d'une totale impunité. Armons-nous et partez, telle était sa devise ! Salacri, Balou, ses compères en bouffonnerie faisaient figure de seconds couteaux dans une sinistre farce dont Victor avait été la victime consentante.

Et derrière eux toute l'orga, ses pompes et ses œuvres, sa phobie paranoïaque de la contagion petite-bourgeoise, sa mythologie puisée dans une littérature produite par des géants qui auraient été désespérés de constater qu'ils avaient engendré une lignée de nabots. L'affaire semblait tellement ridicule, l'arnaque si énorme que Victor souhaita la ranger au rayon des farces et attrapes, avec les langues-de-belle-mère et les bonbons farcis à la moutarde. Le Prolétariat ! La Révolution ! Allons donc ! Autant de mots ronflants qui sonnaient comme de gras calembours ! Et de surcroît, manque de chance décidément, la Mobylette refusait de démarrer.

Durant les jours qui suivirent, fou de rage, Victor mijota sa vengeance. Il comptait se rendre à la prochaine réunion de son cercle pour y mettre Granelle en accusation ! Il y renonça pourtant, accablé par tant d'hypocrisie. Il s'imagina confronté au dirigeant qui siégeait à la tribune des meetings, à tous ces professionnels de l'orga qu'il avait côtoyés… Autant s'affronter à un mur. Le rapport de forces n'était pas en sa faveur. Granelle lui avait administré une belle leçon. Deux années de travail acharné en territoire pro-lé-ta-rien valaient bien une telle récompense. Muni de ce précieux viatique, il était paré pour de nouvelles aventures.

*

Le 25 février 1972, un jeune ouvrier maoïste, Pierre Overney, fut tué à coups de pistolet par un vigile devant les usines Renault. Les « camarades du Parti » se déchaînèrent en dénonçant par la bouche de leur secrétaire général cette « monstrueuse provocation dont se sont rendus responsables les groupes gauchistes ». Emporté par son élan, il alla même jusqu'à s'écrier : « Ça ne va quand même pas recommencer comme en 68 ! » Un véritable fossé de haine séparait les staliniens des militants gauchistes. Dans la cour du lycée, les JC, isolés, encaissaient les insultes.

Une première manifestation de riposte à cet assassinat se tint le lendemain soir, de Charonne à Stalingrad. Toute l'extrême gauche y prit part. Les banderoles fustigeaient les milices patronales, « les bandes armées du capital », mais le slogan qui obtint la palme au hit-parade et résonna dans la nuit avec force décibels fut incontestablement : « Ouais, Marchais, mieux qu'en 68 ! » Victor ne tenait évidemment pas à défiler aux côtés de Salacri, de Balou ou de Granelle, aussi, faute de mieux, rejoignit-il les rangs des dilettantes de la Ligue. Il respira la fumée des lacrymogènes lors de la dispersion, assez mouvementée. Le samedi suivant, un immense cortège porta le cercueil d'Overney de la place Clichy jusqu'au Père-Lachaise.

Deux cent mille participants. C'était la première fois depuis 68 qu'un militant avait trouvé la mort. L'ambiance fut à la fois grave et joyeuse. Joyeuse parce qu'il était réconfortant de se retrouver si nombreux, grave parce que chacun réalisait que toutes les grandes phrases prémonitoires sur « l'affrontement de classe inéluctable » venaient peut-être de trouver leur première confirmation. Les camionnettes sono diffusèrent tout au long du parcours le *Chant des martyrs*, repris en chœur à l'infini, et son refrain lourd de menaces :

La terre, ton lit de parade,
Un tertre sans fleurs et sans croix,
Ta seule oraison, camarade,
Vengeance, vengeance, pour toi !

*

Le Dror ne pouvait rester à l'écart de cet accès de colère. Jil et Léa défilèrent main dans la main, derrière le cercueil d'Overney, jusqu'au Père-Lachaise. Ils croisèrent les vendeurs de *Rouge*, de *LO*, et chantèrent, eux aussi, « Vengeance, vengeance pour toi ! ». A l'issue de la manif, ils regagnèrent le local du boulevard Voltaire. Ce soir-là, il n'y eut pas de messiba, de sih'a, simplement un rendez-vous informel à la suite duquel les h'averim partirent manger un sandwich tunisien dans une gargote de Belleville. Puis Léa accompagna Jil jusqu'à sa chambre de bonne, rue Caulaincourt.

Dans les semaines qui suivirent, l'atmosphère se tendit quelque peu lors des réunions au local du boulevard Voltaire. Les nouvelles en provenance des différents kibboutzim du Dror étaient alarmantes. A Beit-Kechet, Regavim ou Mishmar-Haneguev, nombreux étaient les h'averim qui, en dépit de leur enthousiasme, après quelques mois de séjour, renonçaient soudain à la vie nouvelle à laquelle ils s'étaient préparés depuis leur entrée au Mouvement. Ils plaquaient tout. Les plus chanceux téléphonaient à leurs parents pour leur demander un billet d'avion et rentraient au bercail. Les autres partaient travailler sur les chantiers de construction des hôtels de tourisme, à Eilat, et économisaient sou après sou, dans le même but.

Pire encore, d'autres, plus chevronnés, suivaient la même voie après avoir effectué leur temps réglementaire à l'armée. La plupart des h'averim mettaient un point d'honneur à servir dans les unités d'élite, notamment les parachutistes. Ce fut le cas de Yoav. Les officiers israéliens ne comprenaient pas grand-chose au comportement des recrues d'origine française, toujours prêtes à donner le meilleur d'elles-mêmes lors des exercices de tir ou de saut, mais fermement décidées à traîner la jambe dès qu'il s'agissait stupidement de marcher au pas ou de briquer la cuvette des chiottes. Le petit groupe avec lequel Yoav effectua ses classes était particulièrement doué pour jouer avec les nerfs de l'encadrement. Les troufions sabotaient les corvées, refusaient de chanter, ou bien, s'ils s'y résignaient, improvisaient quelque refrain iconoclaste. Certain capitaine des troupes de choc de Tsahal crut ainsi que « Branle, branle Charlotte, branle, ça fait du bien ! » était un chant guerrier hérité de la noble tradition de l'armée française, de ces soldats de l'An II déterminés à sauver la patrie en danger. Quoi qu'il en soit, quatre ans après son départ, Yoav était de retour à Paris. Et d'autres…

Les rédacteurs de *Kolénou* avaient bien du grain à moudre. Il fallait durcir le propos, souder les troupes, blinder les futurs partants contre la démoralisation.

« Vivre le kibboutz n'est pas une devise superficielle. Le message que nous apportons au monde est qu'une nouvelle société ne doit pas seulement être prêchée, mais aussi vécue. Par cela, la voie du kibboutz dépasse le cadre juif et israélien et a une portée universelle ! Le propre d'un révolutionnaire, ce doit être l'insatisfaction. Il nous faut considérer que ce qui a été fait est grandiose, mais insuffisant. Insuffisant le pourcentage de la population – 4 % – qui vit au kibboutz, insuffisante la lutte contre le capitalisme qui se développe en Israël, insuffisants les efforts pour réduire les différences sociales, insuffisants le pouvoir ouvrier véritable, l'éducation et la culture socialistes ! *Alo Na'alé !* »

*

Au mois de mars, les différents mouvements sionistes-socialistes organisèrent un cycle de débats, « Le mois du kibboutz », ponctué par de nombreuses réunions et un meeting final à la Mutualité. Le Dror venait de tenir son congrès mondial. Il y avait été question du recul de l'âge de l'alya. Les délégués évoquèrent la possibilité de permettre aux h'averim de différer la date de leur départ, une fois leurs études achevées, ou plus simplement, dès qu'ils auraient acquis un peu plus de maturité. La décision fut prise de ne rien modifier du dispositif existant.

Kolénou mit l'accent sur une des principales difficultés de l'intégration des nouveaux immigrants : la cohabitation avec les *banim*, les jeunes de leur âge, qui avaient toujours vécu sur place. L'osmose était difficile entre les deux groupes. La vieille génération des pionniers, quant à elle, n'avait que faire de tels atermoiements. Lors d'un séjour à Paris, Itshak Ben Aharon, dirigeant de la Histadrout et lui-même kibboutznik, donna une interview au journal, interview dans laquelle il ne mâcha pas ses mots :

« Il ne faut pas vous attendre à trouver des appuis. Si les h'averim ont vraiment un idéal, s'ils ont des tripes et la ferme volonté de réaliser quelque chose, une porte close, même un mur ne doit pas les arrêter… Qu'attendez-vous ? Le Golan est-il déjà peuplé ? Pourquoi ne vous décidez-vous donc pas à aller installer un kibboutz près de Rafiah', dans la bande de Gaza ? Vous redoutez qu'il y ait des h'averim qui ne tiennent pas le coup ? »

Jil et Léa assistèrent à la clôture des débats à la Mutualité. Toutes ces discussions leur parurent bien oiseuses. La question était réglée. Ils s'aimaient. A deux, ils tiendraient plus facilement le choc face aux difficultés de la vie au kibboutz, relèveraient le défi. Ils apprenaient l'hébreu, planchaient sur les manuels, avec un sérieux imperturbable. Au printemps, ils prirent quelque distance avec leur plouga et partirent, seuls, en voyage vers le sud de l'Espagne. Un mah'ané en duo. Où les jeux de nuit, bien plus tendres que ceux auxquels ils avaient participé jusqu'alors, contribuèrent à renforcer leur détermination.

*

Les militants de la Ligue présents à Turgot entouraient désormais Victor de toute leur sollicitude. Il avait mené la grève du lycée en leur compagnie et ils savaient qu'il venait de rompre avec LO pour des motifs obscurs. Il se fit un peu tirer l'oreille pour accepter leur invitation à participer – en tant qu'observateur ! – à la rencontre nationale des Cercles rouges lycéens qui se tint les 11 et 12 mars dans un amphithéâtre du CHU de la Salpêtrière. L'ambiance ne ressemblait en rien à celle du cercle ranci animé par Balou. Ce fut un vrai bol d'air frais. L'assemblée ne perdit pas de temps à battre sa coulpe à propos de ses origines de classe éminemment suspectes.

Les commissions évoquèrent la révolution vietnamienne, l'Unité populaire chilienne, la répression psychiatrique en Union soviétique. L'une d'elles aborda même sans vergogne des problèmes aussi futiles que la frustration sexuelle en milieu lycéen. C'était bien la première fois que Victor entendait parler de Wilhem Reich. Il en tomba des nues. A l'issue de ces travaux qui rassemblèrent plusieurs centaines de jeunes venus de toute la France, Paco Ibañez monta à la tribune, silhouette longiligne toute vêtue de noir. Victor ne comprenait pas un mot d'espagnol mais Paco traduisait succinctement chacun de ses textes avant de plaquer les accords sur sa guitare.

Asi es mi vida, mi vida,
Piedra pequeña como tu...
Ni piedra de un palacio
Ni piedra de una iglesia
Ni piedra de una audiencia
Piedra aventurera como tú
Que tal vez estás hecha
Sólo para una honda.

Ainsi va ma vie, petite pierre, comme toi, une pierre qui jamais ne servira à construire un palais, une église, ou un tribunal, une petite pierre qui un jour peut-être, tout simplement, armera une fronde... Les intellectuels-dilettantes-de-la-Ligue applaudirent Paco qui salua d'un geste de la main avant de s'éloigner vers les coulisses, modeste.

Dans la foulée de cette première rencontre, Victor se décida à adhérer à la Ligue et participa aux réunions qui regroupaient les lycéens au local, 10, impasse Guémenée, près de la Bastille. Le « loc », ou le « 10 », dans le jargon consacré. Il avait changé d'orga, de pseudo. Les ex-camarades de LO l'évitaient comme un pestiféré et tournaient ostensiblement la tête dès qu'ils le croisaient.

La fin de l'année scolaire arriva très vite. Il était temps de réviser le bac. Victor était amoureux de Muriel, une fille de Sophie-Germain avec laquelle il passait de longs après-midi sur les bancs de l'île Saint-Louis. Échaudé par son zéro en maths de l'année passée, il apprit par cœur quelques stupidités du programme, formules de dérivées et autre charabia, sans rien y comprendre, dans le simple but de pouvoir inscrire quelque chose au tableau le moment venu et, pour oublier ce cauchemar, se plongea dans de nouvelles lectures. *L'Orchestre rouge*, de Gilles Perrault, en fut le souvenir le plus marquant. Les hauts faits d'armes de Léopold Trepper et des membres de son réseau d'espionnage le laissèrent pantois d'admiration.

Son imagination vagabonda. Il rêva d'un destin similaire, d'une vie d'aventures, d'une existence totalement consacrée à la cause révolutionnaire. Patience. Tôt ou tard naîtrait un nouveau Komintern, et il en serait un des plus brillants serviteurs. Un commis voyageur de la Révolution, un chef de réseau ! Victor avait découvert l'Orchestre rouge grâce à un article paru dans le journal de la Ligue. Trepper, malade, à bout de forces, menacé de l'amputation de ses deux jambes, était persécuté par les staliniens polonais qui refusaient de le laisser émigrer en Israël, où il souhaitait rejoindre ses enfants et terminer son existence. Son téléphone, son courrier étaient espionnés. Un comité de soutien, regroupant entre autres Gilles Perrault, Vercors, Artur London, s'était constitué. Le PCF fit bien évidemment la sourde oreille.

*

Quand Victor pénétra dans la salle d'examen où le surveillant s'apprêtait à distribuer les sujets de philo du bac, il n'en menait pas large. Il eut le choix entre le commentaire d'un texte de Platon et un sujet plus ouvert : « Quel rôle l'individu peut-il jouer dans l'Histoire ? » Sans trop réfléchir, il opta pour la seconde question. Sans doute parce que Granelle lui avait fait lire une brochure de Plekhanov qui y répondait. Il se souvint également de la préface à l'*Histoire de la Révolution russe*, de Trotski.

Jean-Jacques Marie y évoquait l'existence d'une tuile, perchée sur le toit d'un immeuble de Zurich, et qu'une saute de vent menaçait d'arracher à son support pour la précipiter dans le vide, au mois d'avril 1917. La tuile aurait pu fracasser le crâne de n'importe quel promeneur et pourquoi pas celui de Vladimir Ilitch Oulianov, qui s'apprêtait à rentrer en Russie pour y publier ses *Thèses d'avril* et diriger la révolution. Dans le même ordre d'idées, le préfacier mettait en parallèle le destin de Lénine et celui du jeune général Bonaparte, partant à l'assaut du pont d'Arcole. Un boulet aurait pu le transpercer de part en part. Dès lors, que se serait-il passé ? La Révolution russe aurait-elle eu lieu ? L'Empire aurait-il vu le jour ? Victor commença à rédiger, conscient de se livrer à un exercice périlleux, mais il était trop tard pour reculer. Il imagina une vague divinité, baptisée du nom de Hasard, qui passait le plus clair de son temps à construire des mécanismes infaillibles, mais que le défaut soudain d'une pièce empêchait de fonctionner au moment le plus critique !

Léa, confrontée aux mêmes sujets, hésita un instant. Il avait fallu l'acharnement insensé d'un agitateur qu'on considéra tout d'abord comme un fou, Theodor Herzl, pour que le mouvement sioniste – et partant l'État d'Israël – voient le jour. En plein dans le mille ! Elle se méfia, craignant de tomber sur un correcteur antisémite, ou un prof gauchiste, qui n'auraient pas manqué de la sabrer. Ce fut donc sur Platon qu'elle jeta son dévolu.

Quelques jours plus tard, la poste livra de petites enveloppes bleues rue Labat et rue de la Roquette. Victor et Léa étaient bacheliers. Victor partit en vacances, seul, chez des parents, en Picardie. Muriel l'avait plaqué – insupportable humiliation – pour un journaliste de… *L'Équipe !* De dix ans plus âgé que lui. Il ressassa son dépit sur les plages de galets de la Côte d'Opale.

*

Jil, Léa, et la petite douzaine de h'averim qui s'apprêtaient à « monter » passèrent l'été 72 à travailler afin d'étoffer la koupa avant le grand saut. Jil cassait des murs à coups de masse pour le compte d'un entrepreneur de travaux, tandis que Léa distribuait des prospectus publicitaires dans les cités de Sarcelles en compagnie de marginaux, d'éclopés du destin, tout un lumpen prolétariat que le maître d'œuvre de l'opération traitait comme du bétail. Ce triste sire convoquait les jeunes filles de l'équipe dans sa voiture pour leur remettre leur salaire en liquide et les pelotait sans vergogne à cette occasion. Une délégation du Dror, Jil en tête, se chargea de lui rafraîchir la mémoire à propos du Code du travail.

*

La nouvelle de l'attentat de Munich, où, lors des Jeux olympiques, plusieurs athlètes de la délégation israélienne furent tués par un commando palestinien émut profondément les h'averim. Aux premiers jours de l'automne, ils partirent pour l'*Archara*, textuellement la « préparation ». La dernière étape. Elle se tint au château de Grumesnil, dans l'Eure. Sergio, un émissaire venu tout spécialement de Regavim, fut chargé de l'encadrement. Il s'agissait d'apporter la touche finale à toute la formation délivrée jusqu'alors. Installés dans un dortoir, les h'averim se levaient aux aurores et partaient ramasser des patates pour le compte d'un fermier des environs. Courbés jusqu'à ras de terre, ils enfournaient la récolte dans de grands sacs, puis hissaient ceux-ci dans une remorque.

Après la journée de travail, ils écoutaient Sergio qui leur décrivait avec précision le fonctionnement du kibboutz. Ils avaient déjà entendu ce discours à maintes reprises, mais l'imminence du départ donnait un relief particulier à ces ultimes séances de révision. Les courbatures qui leur meurtrissaient les reins à la suite du maniement des sacs de patates venaient souligner à juste propos à quel point la pratique ne devait en aucun cas être dissociée de la théorie.

Léa étudia avec attention le bréviaire que détenait chaque h'aver, la *Société kibboutzique.* Économie, analyse du processus de travail, rapports humains, familiaux, éducation collective des enfants…

« Notre société aspire à des objectifs élevés, mais la première étape est d'abord l'élimination des intérêts de l'individu, au profit de la société tout entière. Premier principe de la communauté : l'intérêt général. La base de la communauté : “chacun selon ses capacités, et à chacun selon ses besoins”. »

En d'autres termes, le socialisme. Léa adhérait totalement à ce principe. Et à son corollaire : un travail acharné pour donner à ladite communauté les moyens de satisfaire les besoins individuels ! Le dernier chapitre suscitait toutefois une certaine perplexité chez plus d'une h'avera :

« Contrairement aux premières h'averot, celles d'aujourd'hui fuient le travail aux champs et s'adonnent aux services et aux soins des enfants... La h'avera qui travaille aux champs ne désire pas que sa fille fasse comme elle, et le h'aver a tendance à ne pas vouloir que sa femme sorte aux champs, de peur qu'elle n'enlaidisse... Mais en fait, il n'y a pas obligatoirement contradiction entre l'agriculture et le charme féminin... La mode et la cosmétique ont posé la sexualité (pas l'amour) au centre des plaisirs humains et imposé le sex-appeal. A ce but on sacrifie les valeurs idéologiques, argent, temps et efforts... »

*

Dror Alé ! Jil et Léa, incrédules, fous de joie, se retrouvèrent sac au dos sur un quai de la gare de Lyon un soir du mois d'octobre. Ils dirent adieu à leurs parents, saluèrent le sheliah' qui s'était déplacé pour ce moment ô combien solennel, et prirent place à bord d'un train en partance pour Marseille. *Alo Na'alé !* Ils avaient toute leur vie devant eux pour mener à bien leur alya, aussi le Mouvement, par souci d'économie, leur avait-il délivré de simples billets de bateau au lieu de les acheminer par avion jusqu'à la Terre promise. Un tel luxe n'était plus de mise. Le lendemain matin, ils embarquèrent à bord d'un paquebot qui devait effectuer une escale à Gênes avant de gagner le port de Haïfa. Le voyage dura cinq jours. L'Agence juive avait elle aussi réservé quelques places à bord, destinées à des émigrants venus d'Union soviétique. Des paysans géorgiens. Ils s'étaient faufilés entre les griffes du KGB et, détenteurs d'un visa, savouraient la liberté enfin retrouvée. Jil et Léa assistèrent à quelques engueulades tonitruantes entre ces nouveaux émigrants et le personnel d'encadrement de l'Agence juive présent sur le bateau. Persuadés d'être accueillis comme des rois à leur arrivée en Israël, les Géorgiens commençaient tout juste à comprendre que l'État hébreu n'était pas en mesure de leur offrir autre chose qu'un hébergement de fortune en attendant des jours meilleurs.

Durant la traversée de la Méditerranée, les h'averim se divertirent comme ils le purent. A la discothèque ou dans les salons du paquebot, où un animateur s'épuisait à organiser d'interminables séances de bingo que Jil s'ingéniait à saboter. Le dernier soir, au grand dam de Léa, il se saoula consciencieusement et dragua une passagère scandinave, qu'il finit par culbuter sur le pont à l'abri d'une chaloupe de sauvetage... Léa ne pouvait décemment lui faire la gueule au moment où ils débarquèrent à Haïfa, aussi l'incident fut-il vite oublié.

*

Regavim. Le kibboutz. Ils y étaient enfin arrivés. En pleine nuit. Épuisés. Heureux. Étourdis. On leur servit une collation avant de les répartir dans différents *tsrifim.* Dès le lendemain matin, le secrétariat les affecta à la cueillette des agrumes, ou aux différents services, lingerie, garde des enfants, préparation des repas...

Léa observait avec attention ce nouveau monde qu'elle avait tant aspiré à rejoindre. Le départ à l'aube pour les champs de coton, la bergerie, le hangar des dindons, l'étable... Les vétérans du Mouvement, tel Uri, son ancien madrih', étaient déjà pleinement immergés dans cette vie sans commune mesure avec celle qu'ils avaient menée à Paris. Léa les croisait furtivement le matin, dans la salle à manger collective, après quoi chacun partait au travail. L'atmosphère de joyeuse excitation qui régnait en permanence au local du boulevard Voltaire semblait déjà bien lointaine.

Elle assista à quelques réunions de l'assemblée générale des titulaires, membres de plein droit du kibboutz, qui débattaient de l'organisation de la vie quotidienne : achat de matériel, rotation des tâches, attribution de vacances, etc. Léa fut surprise par la violence, la hargne, qui s'y manifestaient. Elle ne pratiquait pas suffisamment l'hébreu pour décrypter le sens exact des prises de bec lors desquelles les anciens – les *vatikim* – donnaient libre cours à leur agressivité, sans aucune retenue.

Qu'à cela ne tienne, son cursus était planifié pour pallier cette lacune. Elle partit avec Jil pour suivre l'*oulpan'*, un stage intensif d'apprentissage de la langue, la clé obligatoire, incontournable, de leur future intégration. Dans un autre kibboutz – Ein-Harod, situé en Galilée – et équipé pour ce faire. Ein-Harod était un kibboutz bien plus ancien, bien plus riche que Regavim. Fleuri, prospère, opulent. On y accueillait quantité de volontaires qui n'avaient nullement l'intention de s'installer *ad vitam æternam* en Israël, mais simplement d'y séjourner quelques mois. Des jeunes Juifs originaires d'Amérique et de différents pays européens y côtoyaient les immigrants fraîchement débarqués d'Union soviétique pour lesquels il n'existait pas d'autre issue.

Jil et Léa vécurent l'oulpan' comme une période très heureuse. Quatre heures de cours quotidiens, et quatre heures de travail. Auprès de Guil, un apiculteur de renommée internationale qui leur enseigna les rudiments de son art. Il entretenait une correspondance suivie avec des confrères des quatre coins du monde et quittait fréquemment Israël pour donner des conférences. C'était un homme d'une grande douceur, d'une infinie gentillesse. Sous sa conduite, Jil et Léa apprirent à soigner les abeilles, à les nourrir, à veiller à leur confort. Ils réparaient les cadres destinés aux ruches, en fabriquaient des neufs, se blessaient joyeusement les doigts à coups de marteau...

Guil les embarquait à bord de son pick-up pour les conduire jusqu'aux ruchers. Durant le trajet, il ne pouvait s'empêcher de chanter à tue-tête, et abominablement faux. Arrivés sur place, ils enfilaient tous les trois de lourdes combinaisons, coiffaient un casque finement grillagé et plongeaient leurs mains gantées au cœur des cités alvéolaires. Les combinaisons étaient de piètre qualité, aussi Jil et Léa eurent-ils à souffrir de nombreuses piqûres. Ils passaient des soirées entières à pommader leurs blessures. Après de longues années de pratique, Guil était immunisé contre le venin. D'autres fois encore, il les emmenait prospecter de nouveaux terrains où installer les futures colonies. Il enfourchait une vieille moto de l'Afrika-Korps ; Jil montait à califourchon derrière lui, tandis que Léa prenait place dans le side-car. C'était là le prétexte à de longues randonnées en pleine nature. Aux abords des marécages, des nuées d'oiseaux aux parures multicolores déployaient brusquement leurs ailes à l'approche des intrus.

*

Depuis leur arrivée à Ein-Harod, Jil et Léa avaient enfin appris l'hébreu. Les abeilles avaient travaillé avec application. Le temps de la récolte était venu. Ils portèrent les cadres gorgés de miel jusqu'à une centrifugeuse et virent, émus, le jus mordoré couler dans la cuve. Le fruit de leurs efforts. L'oulpan' était terminé. Ils firent leurs adieux à Guil et rentrèrent à Regavim au début du mois de mai.

*

L'excellente note récoltée au bac philo avait décidé Victor à s'inscrire dans cette discipline. L'ex-élève de Granelle avait grandement progressé, il était décidé à secouer le cocotier des concepts, à ferrailler à tout va à propos des *Manuscrits de 44*, du Jeune-Marx, des appareils idéologiques d'État. Les gars de chez Danzas, qu'il oublia peu à peu, continuaient d'encaisser les insultes racistes et de trimer pour un salaire dérisoire. La vie allait son cours.

En octobre, Victor aboutit à Paris-XII, la fac de Créteil, qui venait de jaillir de terre. Le campus se dressait au beau milieu d'un gigantesque terrain vague, aussi les étudiants chaussaient-ils des bottes de caoutchouc pour traverser des champs de boue avant de gagner leurs amphis. La Ligue y regroupait quelques énergumènes fermement décidés à ne pas s'ennuyer. L'avenir s'annonçait radieux. Le PC et le PS venaient de signer leur Programme commun de gouvernement. Poussés par la vague, les appareils pachydermiques avaient secoué leur graisse, et entamaient une marche vers le pouvoir qui paraissait inéluctable. Mitterrand, Marchais, le casting n'était guère reluisant, mais il fallait bien s'en contenter. Après quatre années d'agitation brouillonne, la Ligue commençait à affiner sa stratégie et rêvait à voix haute d'un remake du Front populaire. Il était évident que les sociaux-démocrates et les staliniens, une fois installés dans les ministères, s'appliqueraient à trahir leurs électeurs. Mais cette fois, à la différence de 1936, une extrême gauche nombreuse et aguerrie serait en mesure de leur présenter la facture. Des « pans entiers » de ces appareils réclameraient eux aussi des comptes, il serait alors temps de brandir l'étendard et de proclamer : « Tout est possible ! »

L'atmosphère était donc à l'optimisme. La cellule dans laquelle Victor venait de débarquer développait une activité débridée. En sus du prosélytisme mené en milieu étudiant, ses membres se mettaient fréquemment à la disposition du secteur « ouvrier » qui avait un grand besoin de renfort pour les collages, les distributions de tracts. Si l'on ajoute les manifs – très fréquentes –, les réunions, les gardes de nuit au local qu'il convenait de protéger contre toute tentative d'intrusion ennemie, les longues heures consacrées à la lecture et à l'étude des copieux bulletins internes de la Quatrième Internationale, on arrivait à un rythme de militantisme quasiment professionnel. Au fil des mois, Victor devint « permanent » sans même s'en rendre compte.

Dès la rentrée universitaire, les sionistes du Betar, le relais en France de l'extrême droite israélienne, très présents à Créteil, agressèrent l'extrême gauche en raison de son soutien à la cause palestinienne. Les insultes volaient bas, on échangeait parfois des coups. En riposte à l'attentat de Munich, les services secrets israéliens lancèrent une offensive de représailles contre les représentants de l'OLP en Europe. A Paris, Mahmoud Hamchari fut mortellement blessé par une bombe déposée à son domicile. Victor défila de la place Clichy à la République en scandant : « Halte à la terreur sioniste ! » Le 13 janvier, à l'occasion d'une visite de Golda Meir en France, se tint une nouvelle manifestation de protestation. A la fac, les relations avec le Betar empirèrent…

La bagarre devint une habitude quotidienne. L'université Paris-XII comportait en effet un autre pôle situé à

Saint-Maur, où l'on étudiait le droit et les sciences économiques. Saint-Maur, à l'instar d'Assas, bastion du GUD, était un repaire d'infâmes fascistes, néo-nazis d'Ordre nouveau qu'il convenait d'affronter à chaque fois que l'occasion s'en présentait. Et si d'aventure elle ne se présentait pas, on lui donnait un petit coup de pouce. La castagne déborda du cadre des campus. Sur le marché du vieux Créteil, investi par les vendeurs de *L'Huma* et de *Rouge* tous les dimanches matin, apparurent bientôt quelques crânes rasés vêtus de blousons kaki et chaussés de rangers. Il était bien entendu hors de question de tolérer leur présence entre les étals des fromagers ou des maraîchers, aussi la cellule étudiante fut-elle chargée de faire le ménage. De simples bousculades on en arriva à de véritables batailles rangées auxquelles les flics tentaient désespérément de mettre fin, sans résultat. A la suite de l'une d'entre elles, particulièrement violente, Victor et Hervé – un des copains de la cellule – opérèrent un décompte du nombre de fachos tabassés et en arrivèrent à la conclusion que le camp retranché de la fac de droit ne présentait plus aucun danger pour les gauchistes qui viendraient à s'y rendre en touristes.

Justement, le lendemain soir, le ciné-club organisait une projection du film *La guerre est finie*, d'Alain Resnais, suivie d'un débat à propos de l'exil politique, avec la présence de Jorge Semprun, auteur du scénario, et d'un militant grec récemment évadé de prison. C'était l'occasion rêvée d'aller tester *in situ* les capacités de résistance des militants locaux du GUD après toutes les raclées qu'ils avaient récoltées. Victor et Hervé s'installèrent dans l'amphi où étaient présents quelques dizaines d'étudiants. La projection commença. Le matériel n'était pas de la première jeunesse et on procédait à une interruption de séance à chaque changement de bobine. La présence des deux bolcheviks avait donné une poussée d'urticaire aux rares sympathisants du GUD présents au début de la séance. Le téléphone fonctionna à plein régime. A la fin de la seconde bobine, une dizaine de militants d'Ordre nouveau firent leur apparition, certains d'entre eux le bras en écharpe ou la tête farcie d'ecchymoses, mais pas franchement décidés à raser les murs. Quand le générique de fin apparut sur l'écran et que la lumière se ralluma dans l'amphi, Victor et Hervé comprirent qu'ils risquaient de passer un très mauvais quart d'heure. Ils descendirent les travées durant le débat qui s'amorçait et expliquèrent à Jorge Semprun le caractère assez délicat de leur situation. Semprun, souriant, magnanime, les assura de son soutien. A l'heure du départ, ils durent se faufiler entre deux rangs de nervis que la présence de l'écrivain parvint tout juste à calmer. Après avoir serré la main de leur sauveur, ils prirent place dans la voiture d'Hervé, qui avait la fâcheuse habitude de donner des signes de retard à l'allumage. Il s'ensuivit une course poursuite dans les rues de Saint-Maur, heureusement sans conséquences dommageables, si ce n'est la mise au rancart définitive de ladite voiture, qui succomba. La guerre était peut-être finie, mais la guéguerre continuait… A la réunion de cellule suivante, les deux aventuriers écopèrent d'un blâme en bonne et due forme. Ce qui ne les empêcha pas d'être aussitôt désignés pour rejoindre les rangs du service d'ordre central, la véritable petite armée privée qui exécutait les coups de main spectaculaires décidés par le bureau politique, le BP, surnommé le « British » en raison de la parenté phonétique avec les initiales de la firme British Petroleum.

Le 20 janvier devait se tenir une manifestation du Front de solidarité Indochine, en riposte à la reprise des bombardements américains sur le Nord-Vietnam. Les B-52 déversaient des milliers de tonnes de bombes sur Hanoi et Haiphong. Le 18, la manif fut interdite. Des dizaines de personnalités avaient signé l'appel et servaient, une fois encore, de « parapluie démocratique ». Quelles que fussent les conséquences, la décision fut prise de maintenir le cortège qui se dirigerait sur l'ambassade US. Un système complexe de rendez-vous secondaires fut mis sur pied, si bien qu'au beau milieu de l'après-midi le boulevard de Bonne-Nouvelle se retrouva soudain noir de monde. Précédée d'une solide escouade de SO casquée et armée de barres de fer, la manif se mit en branle en direction de l'Opéra et bifurqua vers la Madeleine, à quelques centaines de mètres de l'ambassade. C'est là que les brigades spéciales de la préfecture de police l'attendaient. Une volée de cocktails Molotov sema la zizanie dans leurs rangs, puis ce fut la charge. La flicaille recula, hébétée, et mit un long moment à se ressaisir. Les manifestants s'étaient déjà égaillés alentour et le service d'ordre disparut dans les couloirs du RER.

Au retour à la fac, on se congratula entre anciens combattants en espérant que l'actualité fournirait bientôt d'autres occasions de se divertir. Pour l'heure, il s'agissait de préparer les élections législatives. Victor, Hervé et tous les autres membres de la cellule collèrent, tractèrent à tour de bras, participèrent aux réunions dans les préaux d'école, et arpentèrent les cages d'escaliers des cités HLM, profession de foi en main. Le meeting de fin de campagne, au Palais des sports, fut un franc succès. Sept mille personnes chantèrent *L'Internationale*, le poing levé. L'infatigable Paco Ibañez clôtura la séance. Cette fois, c'était évident, la construction du parti révolutionnaire était en bonne voie. Il aurait fallu être un indécrottable pessimiste pour en douter.

Dans ces conditions, l'avenir individuel n'avait guère d'importance. La certitude d'être emporté par un grand élan collectif était la plus forte. A chacun de tenir sa place, suivant ses talents, ses capacités. Les vétérans de la cellule n'osaient s'interroger sur leur devenir professionnel. Après des années d'activisme à tout crin, ils avaient peu à peu sabordé leurs études et il ne leur restait guère d'illusions sur leur chance de rattraper le temps perdu. Le tourbillon qui agitait l'orga les entraînait à différer le bilan inéluctable.

Prenant le même chemin, délaissant les salles de cours, Victor devint peu à peu un idéologue de cafétéria. Ses journées s'égrenaient en discussions interminables, prises de parole au resto U, réunions avec les sympathisants et, en guise de séance récréative, sabotage des séances de prière collective du Groupe biblique universitaire ! La longue période passée sous la férule de Granelle n'avait pas été inutile : Victor était détenteur d'un petit bagage livresque qui lui permettait de briller aux yeux des sympathisants, et surtout des sympathisantes, réunis en « Cercle rouge ». Alors que les copains de la cellule se torturaient les méninges à bâtir des plans d'exposés ardus sur la transcroissance de la révolution cubaine, la chute tendancielle du taux de profit ou la NEP, exposés auxquels personne ne comprenait rien, Victor arrivait aux réunions sans papiers, les mains dans les poches, improvisait, conseillait la lecture de romans. Erich-Maria Remarque, Sembène Ousmane, Ignazio Silone... Il prêtait ses livres, venait les récupérer chez les étudiantes intriguées par la Quatrième Internationale et, de fil en aiguille, joignait l'utile à l'agréable.

C'était si doux de se laisser griser par cette ambiance à la fois nonchalante et fébrile, si tentant de rêver aux aventures futures, au Komintern qui renaîtrait tel le Phénix de ses cendres, qu'il était facile de se persuader que rien ne pressait ! Et pourtant, lors des réunions de la Ligue, on débattait avec gravité des « tâches » qui allaient échoir à l'avant-garde durant les années à venir. La formule maîtresse était pour le moins lapidaire : « L'Histoire nous mord la nuque » ! En Indochine, en Amérique latine, dans les pays soumis au glacis soviétique, les régimes corrompus et oppresseurs commençaient à vaciller sur leur base. L'explosion était proche. Il n'était pas certain qu'en Europe les révolutionnaires, toujours confinés dans les groupuscules, soient à même de reprendre le flambeau.

Lors des législatives de 73, la droite l'emporta. L'espoir d'un remake rapide du Front populaire s'éloigna. Le rendez-vous était reporté à 78. Cinq longues années qu'il allait falloir mettre à profit pour construire patiemment le parti. Griller les étapes, s'implanter de façon volontariste dans les usines, s'immerger dans la classe ouvrière toujours lobotomisée par les staliniens, tel était le mot d'ordre. Il fallait opérer un « tournant ouvrier ». Une des tendances de la Ligue s'intitulait « Bolchevik-léniniste pour la prolétarisation », autant dire que ça ne rigolait pas. Le programme était clair, les militants étudiants devaient déserter le terrain universitaire pour aller s'établir en usine. Non pas à la façon des maos, dans la confusion, la précipitation, mais avec un plan soigneusement mûri, et un soutien extérieur indéfectible.

Malgré les conseils de Victor qui cherchait à le mettre en garde contre toute tentative hasardeuse, Hervé plaqua son cursus de droit et se fit embaucher dans une boîte infâme de la zone industrielle de Bonneuil, toute proche. D'autres étudiaient des opportunités semblables. Il était conseillé à ceux qui voulaient tenter l'aventure de suivre une formation qualifiante pour ne pas se retrouver manœuvre et se briser le moral en quelques semaines. Le nec plus ultra consistait à décrocher un diplôme de tourneur-fraiseur, qu'on pouvait facilement acquérir en un temps record, afin de rejoindre une entreprise de la métallurgie.

Les caprices concomitants de deux ministres pompidoliens, Debré et Fontanet, vinrent troubler cette réflexion lourde de conséquences. Debré, à la Défense, voulut abroger les sursis universitaires et contraindre ainsi les étudiants à partir à l'armée avant la fin de leurs études, et Fontanet, à l'Éducation, se fendit d'une réforme du premier cycle universitaire qui renforçait la sélection, rendant obligatoire, entre autres horreurs, une UV de maths dans les filières littéraires ! La grève déferla sur les campus à la fin du mois de mars. Toute la jeunesse scolarisée descendit dans la rue. Debré fut la cible favorite des manifestants. Les caricaturistes de *Charlie-Hebdo* l'immortalisèrent en le représentant comme un fou sanglé dans une camisole de force et coiffé d'un entonnoir, aussi les fabricants de cet ustensile connurent-ils une soudaine embellie de leur chiffre d'affaires, puisque les lycéens s'en affublaient en guise de couvre-chef.

Victor représenta Paris-XII aux assemblées inter-facs qui se tinrent à Jussieu. Les prises de bec entre leaders des différents groupuscules étaient incessantes à la tribune pour gagner la direction du mouvement. Les militants de la Ligue, regroupés en « fractions » et soudés comme un seul homme, firent pleuvoir amendement sur amendement avant chaque vote de résolution et emportèrent le morceau. Les AG étaient précédées de briefings approfondis au cours desquels rien n'était laissé au hasard.

Une manif haute en couleur descendit de Denfert jusqu'à la porte d'Italie ; des milliers et des milliers d'étudiants scandaient : « Chaud, chaud chaud, le printemps sera chaud ! » A intervalles réguliers, les casques, lancés en l'air, s'élevaient dans un nuage multicolore à un ou deux mètres au-dessus du cortège. De violents affrontements avec les CRS ponctuèrent la soirée, à deux pas du stade Charléty. Victor s'en tira avec quelques contusions et rejoignit l'appartement de Philippe, rue de la Colonie.

Ils s'étaient connus à Turgot l'année précédente. Philippe n'était pas un révolutionnaire conséquent : il militait au PSU, ce vague conglomérat de sensibilités diverses, qu'on caractérisait comme « centriste » dans le jargon trotskiste. Centriste parce que la ligne oscillait en permanence entre réformisme et révolution. Rien d'étonnant à ce que Philippe se soit fourvoyé dans cette galère : au lieu d'étudier sérieusement les classiques du marxisme, il passait le plus clair de son temps à jouer au rugby. L'appartement que lui avaient abandonné ses parents le temps d'un séjour en Afrique servait de centre d'accueil pour toute une faune de zozos des deux sexes qui venaient s'y ébattre en toute liberté, sifflant moult bouteilles de rouge et fumant pétard sur pétard.

Le beau-frère de Philippe dirigeait une entreprise de signalisation routière qui avait fréquemment besoin de main-d'œuvre fraîche pour des travaux urgents, aussi Victor y effectua quelques stages, assez bien rémunérés. On y côtoyait un prolétariat qui eût donné des poussées d'urticaire à Granelle et à Salacri : ex-taulards, ex-légionnaires, alcoolos édentés, habitués des services sociaux voire psychiatriques, autant de caractériels, d'apprentis psychopathes qui ne répugnaient pas à la tâche. Le siège social était un terrain vague situé sur le périph, près de la porte de Gentilly. Tous les matins, regroupés autour d'un brasero, les travailleurs s'y retrouvaient avant le départ pour les différents chantiers ; le rhum et le calva coulaient à flots. Grâce à ses salaires, Victor menait la grande vie.

*

Dès leur retour d'Ein-Harod, le secrétariat de Regavim avait attribué une chambre particulière à Jil et Léa, tandis que les autres h'averim, qui ne vivaient pas en couple, durent se contenter de dortoirs collectifs. A tous, on distribua des vêtements, shorts, tee-shirts, pull-overs, ainsi que des galoches de cuir, suffisamment robustes pour affronter les rudesses du travail agricole… Jil et Léa firent une brève incursion à Jérusalem pour y acheter – grâce aux mandats expédiés par leurs parents – deux poufs, un tapis, un narguilé et quelques gravures, autant d'objets destinés à égayer leur nouveau logis.

Il ne restait plus qu'à choisir un poste de travail. Léa refusa obstinément ceux qu'on lui suggéra d'accepter, et principalement à la maison des enfants. Une tâche systématiquement proposée aux h'averot… Regavim continuait en effet d'appliquer le strict principe de l'éducation collective. Les petits vivaient en communauté, vingt-quatre heures sur vingt-quatre, et ne voyaient leurs parents que durant les dernières heures de l'après-midi, après le travail aux champs. Après quoi ils se retrouvaient tous ensemble pour la soirée, la nuit. A Ein-Harod, cette règle fondamentale de la vie kibboutzique avait été supprimée depuis plusieurs années déjà : les familles s'étaient reconstituées, ressoudées, pour retrouver une intimité abolie par les pionniers, dans leur souci de collectivisation à outrance des moindres instants de la vie quotidienne.

Sur le conseil de Léa, qui en avait gardé d'excellents souvenirs après le mah'ané avoda, Jil opta pour l'étable et pataugea bientôt dans le fumier. Léa, quant à elle, aboutit au hangar à dindons : le *loul*. Semaine après semaine, on y livrait des myriades de poussins dont il fallait prendre le plus grand soin en vue de les engraisser. Nettoyer tous les matins les cages, les désinfecter, repérer les malades, les soigner, distribuer la nourriture, trancher le bec des mâles agressifs à l'aide d'un fil thermique, et ainsi de suite. Nettoyer les cages, les désinfecter, distribuer la nourriture, jour après jour. Matin après matin. Lever à quatre heures, petit déjeuner au *h'eder hoh'el*, six jours d'affilée. Repos le vendredi soir, au moment du shabbat. Les habitants de Regavim préparaient alors des gâteaux, s'invitaient les uns chez les autres…

Jil suffoquait à l'étable. Le cul des vaches, les bouses, l'odeur du fumier, tous ces miasmes lui montaient à la tête. Il maudissait Léa de l'avoir fourvoyé dans ce cloaque et s'en évada pour gagner les champs de coton. Un boulot de forçat. Mais au grand air. L'irrigation. Les tuyaux à traîner à bout de bras de place en place, les jets d'eau dont il fallait régler le débit à chaque intersection de parcelle, à l'aide d'une grosse clé, la récolte sous un soleil de plomb.

Le kibboutz ? Ils en avaient rêvé. Eh bien, ils y étaient. Beer Boroh'ov n'avait pas menti. Ce n'était pas une partie de plaisir. Ni un dîner de gala. Simplement une vie de paysan. Ils étaient prêts à consentir bien des sacrifices mais furent progressivement troublés, irrités, choqués par le climat relationnel qui régnait dans la petite communauté. A présent qu'ils parlaient à peu près correctement l'hébreu, ils étaient à même de saisir les dessous des violentes engueulades qui ponctuaient les assemblées générales. Les *vatikim* y réglaient des comptes assez sordides. Certains dénonçaient les injustices dans la répartition du travail, les planques que s'octroyaient les plus cyniques. La petite bureaucratie qui veillait aux destinées collectives gérait ces affrontements avec plus ou moins de souplesse, sans jamais perdre de vue les objectifs généraux de rentabilité. Les h'averim fraîchement débarqués de France n'étaient que des pions parmi d'autres. Idéalistes, sincères, ils durent très vite assimiler les règles du jeu auquel ils étaient conviés, et où la naïveté était le pire des défauts.

Jil et Léa découvrirent que si certains de ces vétérans quittaient temporairement Regavim pour une mission à l'étranger – en tant que sheliah' – c'était précisément pour fuir cette atmosphère confinée. Ou bien, pire encore, parce qu'on les éloignait volontairement ! La déception était cruelle. Léa fut révoltée par le fait que le kibboutz salariait des travailleurs arabes des villages voisins. C'était plus qu'une entorse à la règle : la négation même des principes fondateurs ! Des travailleurs arabes qu'on traitait avec mépris. Des insultes racistes fusaient parfois...

Jil encaissait. Léa commença à étouffer. Le kibboutz leur avait offert un petit poste de radio, c'était là leur seul lien avec le monde extérieur. La bibliothèque commune était squelettique, les distractions rares. Une petite salle munie d'une télé faisait office de foyer. Une fois par semaine, on installait un cinéma en plein air. Après la journée de travail, chacun rentrait chez soi. Se couchait tôt pour se lever à l'aube sans trop de dommages. Les h'averim qui étaient « montés » deux, trois ou quatre ans plus tôt et n'avaient pas encore plié bagage s'enfermaient tout doucement dans leur coquille. Sans doute éprouvaient-ils une certaine gêne d'avoir entraîné leurs cadets dans l'aventure. Léa souffrit de voir que les liens si forts, si fraternels, qui les avaient unis dans le passé se délitaient peu à peu. Inexorablement. Pour tous les nouveaux, comme pour Jil et Léa, la perspective d'un départ prochain à l'armée se profilait déjà. Un an après leur arrivée, l'assemblée générale du kibboutz les admettrait en tant que membres à part entière. Ils devraient renoncer à leur statut de résident temporaire et opter de façon définitive pour la nationalité israélienne...

*

A la fin du mois de mai 73, Victor se rendit à l'évidence. L'année universitaire touchait à sa fin et il n'avait pas décroché une seule UV, faute de s'être présenté aux derniers partiels. Le temps de la reconversion était venu, « tournant ouvrier » oblige. Il refusait de suivre l'exemple d'Hervé, qui avait le plus grand mal à dissimuler sa dégaine d'intello sous son bleu de chauffe et endurait un véritable calvaire, cantonné dans son usine. Quant au tour et à la fraiseuse, dont les membres de la commission chargée de suivre l'établissement des volontaires ne cessaient de vanter les mille et une vertus, Victor ne tenait pas trop à s'y frotter. Les discours moralisateurs dont on lui avait rebattu les oreilles à LO l'avaient blindé contre toute tentative de culpabilisation. Alors que faire? S'offrir des vacances dignes de ce nom, avant de prendre une décision! Paris Métal, l'entreprise du beau-frère de Philippe, avait décroché quelques gros contrats et ne demandait qu'à recruter des mercenaires. En avant, hardi petit! Dès le début du mois de juin, Victor et Philippe manœuvraient la Sta/15 sur divers chantiers avant d'aboutir sur celui de l'hypermarché de Claye-Souilly. Bien que provisoirement déconnecté de la cellule, Victor reçut bientôt des nouvelles du SO, en vue de la préparation de la manif qui devait contrer le meeting d'Ordre nouveau, prévu pour le 21 juin…

*

Le 22 juin 1973 au matin, Victor émergea des brumes de l'anesthésie. A peine eut-il ouvert un œil qu'il aperçut deux flics en tenue qui semblaient monter la garde au pied de son lit. Il les entendit commenter les articles du *Parisien libéré*, lequel annonçait que plus de soixante-dix de leurs collègues avaient été blessés par les manifestants gauchistes la veille au soir. Victor s'ingénia aussitôt à simuler un sommeil des plus profonds. Comment ? Déjà ? Que s'était-il passé pour qu'on en soit arrivé *là* ? A demi abruti par les calmants mais lucide, il ne doutait pas un seul instant que la présence des deux pandores à son chevet résultât d'un plan concocté par le ministre Marcellin pour mettre la Ligue définitivement hors d'état de nuire. Comment avait-on fait pour le pister jusqu'à l'Hôtel-Dieu, Victor l'ignorait mais le résultat était bel et bien patent. Il était cuit. Les deux flics se retournaient de temps à autre et lui adressaient un petit signe de la main, comme pour se rappeler à son bon souvenir.

Il lui fallut plus d'une heure de guet angoissé, et maintes explications de l'infirmière de service, pour qu'il réalise l'ampleur du malentendu. L'Hôtel-Dieu abrite en effet la célèbre salle Cusco, dévolue aux truands hospitalisés. Laquelle était engorgée. Les pensionnaires qui lui étaient ordinairement réservés avaient été dispersés dans les salles courantes. Victor se détendit. Si les deux képis péroraient au pied de son lit, c'était tout simplement parce qu'ils montaient la garde auprès d'un malade, braqueur de banque transféré en urgence de Clairvaux et qu'on venait d'opérer d'une péritonite. Victor adressa un vague salut à son infortuné compagnon de chambrée.

En fin de matinée, le chirurgien qui avait procédé à l'intervention effectua sa visite et annonça au patient qu'il allait devoir de nouveau passer en salle d'opération. La plaie avait été nettoyée, les artères suturées, l'os huméral, fracassé lors du choc, remis en place, mais il restait un souci du côté du nerf cubital sectionné et dont le devenir laissait à désirer. En d'autres termes, Victor risquait de souffrir, *ad vitam æternam,* d'une paralysie partielle de la main. La main droite. La partie n'est pas gagnée, conclut l'homme de l'art, mais au moins vous n'aurez pas tout perdu, avec un dossier pareil, vous allez échapper au service militaire… C'est réglé comme du papier à musique, vous devriez être content ? Non ?

Victor acquiesça, anéanti. Tous les copains de la cellule se préparaient à partir à l'armée pour y construire des comités de soldats et ce sinistre guignol en blouse blanche osait insinuer qu'il ne pourrait participer à l'aventure ? Allons donc. Nerf cubital ou pas, Victor était déterminé à se rééduquer coûte que coûte.

Quelques heures plus tard, à la suite d'une seconde anesthésie, il apprit que la greffe du nerf cubital avait échoué. Les infirmiers le réinstallèrent sur le dos, le bras suspendu à une potence, juste au-dessus de son nez. Un clou chirurgical relié à un étrier lui transperçait le coude de part en part, une gouttière lui maintenait l'avant-bras à 90 degrés dans l'axe horizontal, et des drains plongeaient au cœur de ses pansements.

Philippe débarqua dans la chambre, penaud. Victor se moquait bien de ses excuses et lui donna le numéro de téléphone d'Hervé, le copain de la cellule. Il voulait absolument renouer le contact, savoir ce qui se passait au-dehors, où en était l'orga. Philippe lui abandonna *Le Monde* et promit de partir à la recherche d'Hervé. A la lecture de la presse, Victor ne tarda pas à apprendre que la manif du 21 juin n'était qu'un piège dans lequel la Ligue avait sauté à pieds joints. On avait en quelque sorte laissé les manifestants aller trop loin… Le dispositif policier était mal préparé, les grenades faisaient défaut et, pire encore, les syndicats de policiers révélaient de curieuses fautes de commandement. Le verdict tomba, la Ligue fut dissoute. Plusieurs militants, capturés au petit matin dans l'antre de l'impasse Guémenée, aboutirent en prison, et, à la suite d'une conférence de presse donnée au siège du Parti socialiste, Krivine se constitua prisonnier. Hervé pointa le bout de son nez à l'Hôtel-Dieu deux jours plus tard. Les nouvelles n'étaient pas si mauvaises. Un meeting était prévu au Cirque d'hiver pour protester contre la dissolution de la Ligue, meeting auquel participerait… le PCF !

Tout au long du mois de juillet, Victor dut se soumettre à d'incessantes séances de rééducation. Le kiné qui s'occupait de lui militait à la CFDT. Entre deux séries de tractions, ils discutèrent politique. Le truand opéré de sa péritonite avait quitté l'hôpital. Victor resta seul en compagnie du vieil Italien qui râlait toutes les nuits, rongé par son cancer. Il suppliait la Madone d'apaiser sa douleur, mais comme celle-ci faisait la sourde oreille, il demandait à son compagnon de chambrée d'aller chercher l'infirmière de garde afin d'obtenir une dose de morphine supplémentaire. L'infirmier de jour s'appelait Szabo, c'était un ancien étudiant en médecine hongrois exilé en 56 et qui n'avait jamais réussi à faire valider ses diplômes auprès de l'Université française. D'humeur toujours joviale, il réconfortait Victor et tentait de soutenir le moral du vieil Italien dont l'agonie s'éternisait. A chacune de ses entrées dans la salle, Szabo frappait dans ses mains et lançait une maxime gaillarde : *aqua fresca, vino puro, figua stretta, cazzo duro!* De l'eau fraîche, du vin pur, une chatte étroite, un zob bien dur! Toute une philosophie de l'existence… Le vieil Italien finit par mourir, en pleine nuit. Les employés de la morgue vinrent prendre livraison du cadavre au petit matin pour le charger dans un grand landau noir à la vue duquel Victor sentit ses cheveux se dresser sur sa tête.

A sa sortie de l'hôpital, Victor participa à une réunion de cellule où l'on tira le bilan du 21 juin, qui sonna le glas de toute une période soudain qualifiée de « gauchiste ». Les tenants de la prolétarisation à outrance puisèrent des arguments dans la mésaventure de la dissolution et promirent de redoubler d'efforts pour faire aboutir leurs thèses. Victor n'avait pas oublié ses conversations avec le kiné syndiqué à la CFDT. Pourquoi ne pas suivre cette voie? Certes, les employés en blouse blanche des hôpitaux de l'Assistance publique n'étaient pas le cœur de la classe ouvrière; le secteur santé de l'orga, assez développé, ne demandait pourtant qu'à recevoir des renforts. Victor commença à se renseigner sur les diverses professions paramédicales auxquelles il pourrait postuler, mais Philippe avait concocté un séjour en Bretagne et le kidnappa pour le conduire jusqu'à un terrain de camping d'Audierne où une vaste tente, d'un modèle familial délicieusement ringard, était déjà dressée. Il avait vraiment bien fait les choses puisque Victor, faute d'une autre place, devrait partager une chambre avec Isabelle, une sympathisante du Cercle Rouge qui n'avait d'autres projets de vacances…

*

Léa prit sa décision à la fin de l'été. Elle allait quitter le kibboutz. La mort dans l'âme, mais déterminée à ne plus regarder en arrière. Elle n'était pas la seule. Plus de la moitié des membres du petit groupe de h'averim qui s'étaient rassemblés sur le quai de la gare de Lyon, un an plus tôt, avait déjà rebroussé chemin. L'expérience vécue au Dror de 69 à 73 l'avait profondément marquée. Cette leçon de tolérance, de respect d'autrui, ce refus forcené de l'égoïsme, elle ne l'oublierait jamais plus, en dépit de l'échec final.

Sa relation amoureuse avec Jil touchait à sa fin. La désillusion face à la réalité amère de la vie à Regavim se mêlait aux chamailleries des couples qui voient les nuages s'amonceler au-dessus de leur tête. Jil était malheureux, Léa était désolée. Le soir qui précéda son départ, ils s'isolèrent pour un dernier souper aux chandelles, avec les maigres provisions du bord, et s'endormirent dans les bras l'un de l'autre. Le matin venu, Jil accompagna Léa en voiture jusqu'à la gare la plus proche. Elle partit, le cœur serré, et rejoignit Tel-Aviv, l'aéroport de Lod.

Quelques heures plus tard, elle retrouva la petite chambre de son enfance, dans l'appartement de ses parents, rue Labat. Paris n'avait guère changé. Les rues de Montmartre accueillaient les touristes, et boulevard Saint-Michel les gamines qui allaient entrer au lycée Jules-Ferry achetaient déjà leurs fournitures.

*

Septembre 73. A Santiago du Chili, l'armée, sous la direction du général Pinochet, écrasa l'Unité populaire. A Paris et dans toutes les villes de France, la gauche descendit dans la rue. Manif sur l'esplanade des Invalides, sempiternelle guerre de slogans entre staliniens et gauchistes. *El pueblo,* unido, *jamás sera vencido!* pour les premiers. *El pueblo,* armado, *jamás sera vencido!* pour les seconds. *Unido, armado*, la nuance était de taille, mais le futur n'était plus de mise. Querelle dérisoire. Les militants chiliens, désunis, désarmés, vaincus, affrontaient la torture dans le grand stade de Santiago.

Les récits qui parvenaient du Chili étaient terrifiants. Victor, la gorge serrée, lut les articles du *Monde* qui relataient la sauvagerie de la répression. Durant une garde au local de l'impasse Guémenée, un an plus tôt, il avait passé une soirée avec des trotskistes chiliens en vadrouille à Paris. Leurs visages se dressaient à présent devant ses yeux. Qu'étaient-ils devenus ?

Des rumeurs insensées commençaient à courir. On disait qu'au sud du pays des officiers fidèles à l'Unité populaire avaient regroupé quelques régiments capables d'entamer une contre-offensive. Lors d'un meeting à la Mutu, une dirigeante de la Ligue évoqua la création d'éventuelles brigades internationales. La salle, sidérée, retint son souffle. Massés dans les travées, tassés le long des murs, les présents échangèrent un regard qui balançait entre l'incrédulité et l'émerveillement. Les brigades ? Mais oui ! Les Brigades avec un grand B. Une ovation salua ce discours. *L'Internationale* suivit. Il n'y eut pas de brigades. Minuscules ou majuscules. Pinochet était vainqueur sur toute la ligne.

Depuis le début de l'expérience chilienne, l'avenir de l'Unité populaire était la pomme de discorde favorite entre « réformistes » et révolutionnaires. De mois en mois, d'article en article, *Rouge* jouait les Cassandre en évoquant le coup d'État inévitable, le *golpe*, télécommandé par la CIA. Alors que se passerait-il en France quand le tandem Mitterrand-Marchais arriverait au pouvoir ? L'objectif était de les déborder, de fustiger leur trahison inéluctable, de pousser les masses à la rupture ! Massu, Bigeard, tous les tortionnaires de la guerre d'Algérie, les habitués de la villa El Biar, les baroudeurs du djebel, ces assassins qui avaient déjà fait leurs preuves, sans compter les sbires du SAC, se tenaient prêts à reprendre du service. Qui sait si demain le stade Charléty ne serait pas l'exacte réplique de celui de Santiago ?

D'une semaine à l'autre, les réunions de cellule tournèrent au happening paranoïaque. Les uns évoquaient un système de planques à mettre en place de toute urgence, les autres la nécessité de fournir à chaque militant un jeu complet de faux papiers... Quant aux armes, c'était à la « CT », la commission technique, à savoir la direction du service d'ordre, de se pencher sur la question. On pouvait l'encourager à mettre les bouchées doubles en votant une motion dans ce sens. Pour l'heure, l'orga était toujours interdite mais continuait de fonctionner au ralenti. La moindre réunion était précédée de précautions tatillonnes. On s'y rendait en prenant soin d'emprunter des chemins différents, au cas où les flics s'aviseraient de mettre en place une souricière, on passait un coup de fil à l'appartement visé pour s'assurer qu'il était « propre ». Quant à ceux qui partaient au service militaire, leur tâche n'était plus seulement de créer et d'animer des comités de soldats, mais d'apprendre, le plus consciencieusement possible, à se servir d'un fusil-mitrailleur, d'un obusier, voire à piloter un char d'assaut.

*

Victor n'avait pas abandonné ses projets de reconversion professionnelle et militante. Les droits d'inscription dans les écoles de kiné s'avérèrent exorbitants, aussi dut-il y renoncer. Par contre, un département d'ergothérapie, gratuit, venait d'ouvrir, rattaché au CHU de Créteil. Il postula pour l'inscription à la première promotion et, à sa grande surprise, y fut admis sur la base d'un simple entretien. Il évoqua son accident, la brusque prise de conscience altruiste qui avait suivi, sa volonté de travailler auprès des handicapés avec une conviction telle qu'on oublia de lui demander les résultats de sa première année de fac…

*

En attendant de se fondre dans la classe ouvrière pour y battre en brèche le leadership stalinien ou de passer à la gégène maniée par les paras, les gauchistes, toutes obédiences confondues, avaient rendez-vous pour la dernière grande fête de l'après-Mai. Depuis des mois, l'usine Lip de Besançon était occupée. Le 29 septembre, dans une atmosphère de kermesse, plus d'une centaine de milliers de manifestants convergèrent de toute la France vers Palente, noyée sous une pluie battante. Victor piétina dans la boue, au milieu du cortège de la Ligue qui tournait en rond dans les champs avant de pouvoir entrer dans la ville.

Durant le retour en car vers Paris, aveuglé par les phares

des camions qui arrivaient en sens inverse sur l'autoroute, il ne parvint pas à trouver le sommeil. Épuisé par la longue marche jusqu'à Palente, enfiévré par la crève qu'il avait attrapée en piétinant sous le crachin, il se livra à une petite séance d'introspection. Sur l'écran noir de cette nuit blanche, il fit défiler le film des cinq années qui venaient de s'écouler. 1968/1973. Il se souvint de sa perplexité passée à la lecture des tracts d'extrême gauche, de ses atermoiements devant les discours ésotériques des différents groupuscules, des bêtises assenées par Granelle, Balou et Salacri, de la détresse des gars de chez Danzas, de toutes les réunions, de tous les meetings auxquels il avait participé. Des filles rencontrées depuis le temps où il croyait judicieux d'apprendre par cœur les poèmes de Verlaine pour mieux les séduire. Sans trop pouvoir l'affirmer avec certitude, Victor eut l'intuition que l'avenir ne ressemblerait en rien à ce passé qu'il venait de revisiter en accéléré.

*

Depuis son retour d'Israël, Léa était déterminée à ne pas perdre de temps. Elle savait que d'autres h'averim, totalement déboussolés après deux ou trois ans passés au kibboutz, avaient peiné à se réinsérer. Certains n'y étaient toujours pas parvenus. Léa comptait entamer des études de psychologie mais s'aperçut à son grand désarroi que les inscriptions universitaires étaient déjà closes. Inquiète à l'idée de perdre une nouvelle année, elle alla consulter une assistante sociale qui recevait nombre de jeunes de la communauté juive. Mme Bauman. C'était beaucoup plus qu'une assistante sociale : une confidente, une raccommodeuse de destins. Durant les années de l'après-guerre, elle avait secouru sans relâche les orphelins des camps. Son carnet d'adresses était une vraie mine d'or. Elle annonça à Léa qu'à la suite d'un désistement une place se trouvait disponible dans une nouvelle école paramédicale, rattachée au CHU de Créteil. On y préparait le diplôme d'État d'ergothérapie. Il ne restait plus qu'à attendre.

*

Le 6 octobre 1973, à 13 heures 50, l'artillerie égyptienne pilonna par surprise les positions israéliennes sur le canal de Suez. Au même moment, des centaines de blindés syriens foncèrent sur le plateau du Golan. La guerre du Kippour venait de commencer. Les soldats de Tsahal furent pris au piège. L'aviation, d'ordinaire infaillible, n'avait pu être mise en alerte à temps.

Depuis Paris, Yoav écoutait la radio, France Inter et surtout Kol Israël. A l'énoncé des différents communiqués, il ne pouvait s'empêcher d'imaginer ce qu'enduraient les copains avec lesquels il avait servi dans les parachutistes. Il décida aussitôt de rejoindre le front, coûte que coûte. *Dror Alé ! Alo, Na'alé !* Encore une fois. La dernière. Il lui fallut faire le siège d'El Al pour décrocher, en urgence, une place dans un vol pour Tel-Aviv. Il arriva à Regavim le surlendemain, se saoula et chanta à tue-tête toute la nuit avant de rejoindre un régiment composé d'éléments hétéroclites, rescapés des différents champs de bataille. Jil, qui tentait de dormir dans une chambre voisine de la sienne, s'abstint de protester.

Depuis le début du conflit, à toute heure du jour ou de la nuit, des camions de l'armée arrivaient au kibboutz et embarquaient les combattants pour les acheminer jusqu'à leur unité. Jil, qui n'était pas mobilisable, dut combler les vides en travaillant aux champs. Il partait tôt le matin vers les plantations de coton, une mitraillette Uzi à l'épaule, dans la crainte d'une agression surprise.

Rue Labat, chez ses parents, Léa écoutait elle aussi la radio, effondrée. Elle avait quitté Israël quelques semaines à peine avant le déclenchement des hostilités et en éprouvait une culpabilité difficilement surmontable. Elle n'osa téléphoner à Regavim pour prendre des nouvelles des uns, des autres, mais se rendit au local du boulevard Voltaire. Gad, le boger mah'on, qui faisait face tant bien que mal, avait dressé une grande carte d'Israël sur un des murs, et y plantait de petits drapeaux au fur et à mesure des informations qui lui parvenaient par la radio ou le téléphone.

Au fil des jours, Léa apprit que Yoav avait été blessé dès son arrivée sur le front. Un obus s'était écrasé sur la chenillette dans laquelle se trouvait l'escouade de fortune à laquelle on l'avait affecté. Il avait perdu un œil. Shalom s'en était sorti indemne. Shimon et Eytan étaient eux aussi de retour, sains et saufs. Jil se portait comme un charme. Par contre, Guil, l'apiculteur qui les avait accueillis à Ein-Harod durant l'oulpan', avait été fauché dès le début du conflit. Elle s'isola dans un recoin du local, hanté par tant de souvenirs, pour y pleurer en silence.

*

25 octobre 1973. Un vendredi. La guerre du Kippour était terminée. Victor arriva dans les locaux de la fac de médecine avec *Rouge*, hebdomadaire d'action communiste, sous le bras. La couverture était rouge, évidemment. On y voyait un tank israélien, canon dressé, mitrailleuses à l'affût. Et des titres vengeurs, qui s'étalaient en noir et blanc.

« La guerre n'est que la suite logique de l'instauration par la force, en 48, contre les masses arabes, de l'État sioniste ! Libération des territoires occupés par Israël en 67 ! Soutien à la résistance palestinienne ! »

Victor pénétra dans la salle où patientaient les futurs ergothérapeutes. Le recrutement était majoritairement féminin. Il longea les travées, prit place à une table couverte de graffitis, et, désœuvré dans l'attente de l'arrivée d'un responsable du département, ouvrit les pages de son journal de référence. Une fille à la longue chevelure blonde lui tournait le dos, assise dans la rangée précédente. Soudain, sans prévenir, elle pivota d'un quart de tour et jeta un coup d'œil attentif sur le journal. C'est tout juste si Victor remarqua l'éclat de ses yeux…

Il dédaigna Léa et lorgna vers les autres filles assises près de lui. Des fois qu'il y en ait eu de plus jolies, sait-on jamais ? Pauvre Victor…

– C'est *Rouge* ? demanda Léa.

– C'est *Rouge*, confirma-t-il nonchalamment en lui tendant le journal.

Léa s'en saisit et commença à le feuilleter. Victor se rengorgea. Si cette fille s'intéressait à la Ligue, c'est qu'il y avait une petite éventualité de recrutement dans l'air. L'édito ratissait large. D'un côté, il vilipendait les régimes arabes qui n'en finissaient plus d'exploiter à des fins démagogiques le drame palestinien, de l'autre il tendait une perche aux Israéliens lucides, pour les exhorter à s'engager dans la construction d'un État binational qui respecterait à la fois les droits des communautés juives et palestiniennes à partager équitablement la terre de leurs ancêtres. Léa se retourna à nouveau, et rendit *Rouge* à son propriétaire. Elle n'avait sans doute pas apprécié cette lecture, mais n'en montra aucune colère. Pour elle, la guerre du Kippour ne se résumait pas à quelques mots d'ordre.

Le responsable du département arriva dans la salle et commença à tracer au tableau noir les consignes relatives à l'emploi du temps pour l'année à venir. Anatomie, physiologie, ergonomie. Victor prit des notes, un peu inquiet à l'énoncé de ce programme rébarbatif.

*

– Voilà, nous y sommes… Je suis persuadé qu'il n'y a rien à craindre ! s'écria Aristide Lachésis.

– Du calme, du calme, grommela Monsieur Hasard. Pas de précipitation, je vous prie !

En prévision de la rencontre Victor/Léa, Aristide avait astiqué son téléchronoscope pour le transporter jusque dans le bureau du Boss. Il avait braqué la lunette sur les bâtiments de l'université de Créteil avant d'opérer une mise au point rigoureuse. Monsieur Hasard s'empara de l'instrument et scruta l'objectif. Victor et Léa ressemblaient trait pour trait aux photographies consignées dans le dossier.

– Parfait, poursuivit Monsieur Hasard, jusqu'ici, pas de problème !

– Ils ont déjà échangé quelques mots, précisa Aristide.

– Vous avez le compte rendu sténo ?

Aristide tendit son bloc-notes au Boss.

– Question : C'est Rouge *? Réponse : C'est* Rouge *! ricana Monsieur Hasard. Eh bien, dites-moi, avec ça, ils ne risquent pas d'aller bien loin !*

– Et encore, vous n'avez pas parcouru le contenu du journal que brandit Victor ! Non, vraiment, avec une pareille entrée en matière, il n'y a aucune raison de s'inquiéter.

Monsieur Hasard avait toujours l'œil rivé sur la lunette du téléchronoscope. Il la déplaçait d'un demi-degré, de droite à gauche et inversement, faisant tour à tour le point sur Léa, puis sur Victor. Après un long moment d'observation, il se redressa, s'épongea le front et se fendit d'un sourire.

– Eh bien, vous avez eu chaud, Aristide... murmura-t-il.

Celui-ci sortit une flasque de vodka ainsi que deux verres de la poche de son pardessus.

– Je me suis autorisé cette petite folie, si vous permettez, Patron, c'est un grand jour !

Monsieur Hasard vida d'un trait le verre qu'Aristide lui proposait, claqua la langue, hocha la tête et expédia une pichenette sur le téléchronoscope. Il était temps de se remettre au travail. Il se laissa tomber dans son fauteuil, saisit son porte-plume, en trempa la pointe dans l'encrier et commença à parapher les pages des registres que ses assistants avaient déposés sur son bureau. Aristide rangea son appareil dans sa housse et regagna les locaux de la Section routière où son absence était durement ressentie depuis le 21 juin 1973. La vie reprit son cours monotone dans les bureaux du siège des Hautes Instances Aléatoires. Aristide ne commit pas la moindre faute durant l'année qui suivit, et crut que l'affaire était définitivement enterrée. Il se trompait.

*

Le 16 novembre 1974, aux environs de vingt-trois heures, la sonnerie d'alarme retentit dans la grande salle de surveillance de la Section érotique. Le stagiaire de permanence procéda au réglage sur son écran de contrôle et aperçut deux silhouettes enlacées à l'entrée du pont Notre-Dame, côté Châtelet, dans le IVe arrondissement de Paris. Celles de Léa et de

Victor. Une heure plus tard à peine, les inspecteurs du contentieux toquaient à la porte du bureau de Monsieur Hasard.

– Qu'est-ce que c'est que cette histoire ? grogna leur chef.

Le Boss s'empara des photographies qu'on lui tendait, les examina une à une. Les preuves étaient accablantes.

– Victor est follement amoureux de Léa, reprit le chef. C'est irréfutable. Regardez ! Vous voulez qu'on vous passe la bande sonore ? C'est tout juste s'il ne lui déclame pas du Verlaine !

– Oh, ça n'aurait rien d'étonnant, soupira Monsieur Hasard, c'est une vieille habitude, chez lui.

– Ça ne tient pas la route, pas une seule seconde ! Suivant nos prévisions, Jil ne va pas tarder, lui aussi, à quitter le kibboutz. Il ne cesse d'écrire à Léa pour lui dire qu'il l'aime toujours, que tout peut recommencer pour peu qu'elle le veuille ! Et Léa répond à ses lettres... Nous avions tout planifié, tout agencé ! Méthodiquement ! Mais voilà que surgit Victor, comme un chien dans un jeu de quilles ! Un goy ! Vous pouvez nous expliquer ce qui s'est passé pour qu'on en arrive à une telle aberration ?

Monsieur Hasard avait bien d'autres chats à fouetter. Il cracha le morceau, avoua la bourde dont s'était rendu coupable un obscur stagiaire de la Section routière. Aristide Lachésis passa aussitôt en commission de discipline et, ainsi qu'il le redoutait, fut muté d'office à la section des Déchets. La peine était infamante.

*

Devant les visiteurs, il monta et démonta à l'infini l'engrenage qui avait suscité la rencontre de Victor et de Léa, leur expliqua que les différents matériaux ayant servi à assembler la mécanique ne devaient en aucun cas être réunis et répondit patiemment à leurs questions. A chaque séance il ouvrait un tiroir dans lequel reposaient les pièces détachées – pogrom, grève étudiante, kibboutz, dogmatisme trotskiste, descente de radeau sur le fleuve Amour, chiron', nerf cubital, feux de camp, bulletin de boîte, etc. –, les vissait l'une à l'autre, tendait le ressort au maximum et invitait les présents à se mettre à l'abri pour se protéger de tout éclat.

L'engrenage commençait à tourner, puis se grippait, grinçait, couinait, et finissait immanquablement par se rompre, projetant ses éléments à la volée dans un fracas de tonnerre. Aristide devait régulièrement aller chercher de nouvelles pièces de rechange au magasin, tant s'usaient celles qu'il utilisait lors de ces fastidieuses démonstrations.

Pourtant, au fil des mois et des années, la curieuse mécanique acquit de plus en plus de souplesse, de rondeur, et un beau jour, alors que pour la millième fois Aristide invitait les visiteurs à se mettre à couvert dans l'attente de l'explosion, elle tourna sans le moindre raté, à pleine vitesse. C'était stupéfiant. Les pièces s'imbriquaient les unes dans les autres avec la plus parfaite harmonie. Aristide, sidéré, en resta les bras ballants. D'une main tremblante, il décrocha son téléphone et appela les responsables de la Section érotique. Arrivés sur les lieux, ceux-ci en furent tout aussi ébahis. Ils durent se rendre à l'évidence. En projetant, par pure étourderie, un motard contre une camionnette, rue Cambon, le 21 juin 1973 aux environs de seize heures, le lointain descendant de la Parque Lachésis avait réussi un coup de maître.

L'affaire fit grand bruit. Monsieur Hasard en personne présida la commission qui devait non seulement réhabiliter Aristide mais plus encore lui offrir un dédommagement, eu égard au préjudice subi. Aristide se tourna vers le Boss et ne formula qu'un seul souhait : celui d'être rattaché à la Section érotique, la plus prisée de toutes. Il ne possédait ni l'ancienneté ni a for-

tiori la compétence requise, mais, après ce qui venait de se passer, on ne pouvait décemment lui refuser ce privilège. Il s'installa dans un nouveau bureau, très vaste, très confortable, bénéficia des services d'une secrétaire particulière, et s'occupa de dossiers sensibles. En guise de trophée, il déposa sur le linteau de la cheminée une maquette de l'engrenage Victor/Léa, et parfois, quand il avait un peu de vague à l'âme, il le remontait tout doucement, simplement pour le plaisir de l'entendre ronronner.

Durant le demi-siècle qui suivit, Aristide submergea la Section médicale de recommandations tatillonnes, dans le seul but de s'assurer que ses protégés mourraient centenaires. Le même jour, à la même heure, la même minute, la même seconde. Main dans la main. Il obtint gain de cause.

*

Depuis leur premier baiser échangé à l'entrée du pont Notre-Dame, côté Châtelet, dans le IVe arrondissement de Paris, le 16 novembre 1974, Victor et Léa ne se sont plus jamais quittés. Victor aimait passionnément Léa, et, petit à petit, prudemment, Léa apprit à aimer Victor. Ils n'étaient que deux adolescents aux caractéristiques tout à fait banales, à l'image de nombre de leurs semblables, qui connurent le privilège d'avoir vingt ans au milieu des années soixante-dix. Tous les espoirs étaient encore permis.

Victor continua de militer jusqu'au début des années quatre-vingt-dix. Jamais il ne lut *Matérialisme et Empiriocriticisme.* Et jamais il ne parvint à convertir Léa aux subtilités de la casuistique trotskiste. Quand il rapportait des paquets de journaux à la maison, Léa lui demandait : « C'est *Rouge* ? » Et il répondait : « C'est *Rouge* ! » Ils ne pouvaient alors s'empêcher de rire. Sur les rayonnages de leur bibliothèque, Tabenkin et Boroh'ov voisinèrent avec Trotski et Victor Serge.

Au fil du temps, comme Léa, les h'averim quittèrent le kibboutz, un à un. Certains continuèrent de vivre en Israël – en ville –, mais l'immense majorité revint en France pour réintégrer la Gola jadis tant décriée. Les fils des tailleurs n'étaient pas devenus agriculteurs. Les fils des diamantaires n'étaient pas devenus prolétaires. Aujourd'hui, ils regardent, navrés, révoltés, les flashes du JT, ces images en provenance d'Israël qui montrent les religieux fanatiques coiffés de la kippa, armés jusqu'aux dents, acharnés à construire leurs blockhaus en Cisjordanie ou à Jérusalem.

Au fil du temps, les rangs de la Ligue commencèrent eux aussi à s'éclaircir. Victor ne connut pas le destin d'agent du Komintern dont il avait rêvé. Ainsi va ma vie, petite pierre, comme toi… L'extrême gauche, épuisée à force de ramer à contre-courant, fut laminée. Les jeunes gens qui avaient défilé en agitant le drapeau rouge et s'étaient promis de renverser le vieux monde rentrèrent tout doucement dans la rang, les uns après les autres. Ce fut le triomphe des renégats, la revanche des carriéristes, l'heure de gloire pour les nouveaux philosophes. Une sensation de noyade.

Léa et Victor dansèrent sous la pluie d'orage, place de la Bastille, le soir du 10 mai 1981. Après la victoire de la gauche tant attendue, il n'y eut pas de remake de Juin 36, simplement les Restos du Cœur. La trahison dépassa toutes les espérances. Mais de révolte, nenni. Et bientôt apparurent les SDF. Les chômeurs en fin de droit. Les mendiants prostrés au coin des rues.

Restait à vivre le dos au mur dans une société devenue folle. En resserrant les rangs. Léa et Victor organisaient des fêtes, chez eux. Une curieuse famille se constitua. Les anciens h'averim rencontrèrent les ex de la Ligue. Des liens d'amitié se créèrent. Hervé, le bagarreur de le cellule étudiante, était devenu magistrat, Shalom réalisateur de TV, Yoav informaticien, Jil patron de PME, Eytan cadre commercial, Dvorah orthophoniste… Ils se retrouvent dans la rue, côte à côte, pour marcher, comme autrefois. Contre l'extrême droite, pour les sans-papiers, les sans-toit, les sans-droit. Ils n'ont rien renié, rien oublié.

La solution n'était peut-être pas de tenter de reconstruire le parti bolchevik ou de s'isoler dans un kibboutz pour se donner l'illusion de vivre le socialisme en autarcie. Mais qui la détient, la solution ? Ceux qui prêchent le réalisme ? Les nervis au crâne rasé jadis retranchés dans le Palais des sports ou à la Mutualité ont changé de look. Ils portent des costumes de bonne coupe, sourient devant les caméras de télévision, et représentent quinze à vingt pour cent de l'électorat. Le temps travaille pour eux.

Le temps… Quelques rides ont creusé le front de Léa. Les tempes de Victor ont blanchi. Parfois, quand ses pas le mènent aux abords de la rue Cambon, il ne peut s'empêcher de lever les yeux vers le ciel en se demandant ce qui a bien pu se passer, le 21 juin 1973 aux environs de seize heures, pour qu'un motard surgi du néant lui fasse croiser le chemin de la petite h'avera aux yeux verts, aux cheveux blonds.

Depuis leur rencontre sur les bancs de la faculté, ils ont connu bien des vicissitudes, bien des errances professionnelles. Après de nombreux tâtonnements, Léa est devenue correctrice dans l'édition. Quant à Victor, il écrit des romans. Des romans noirs. Ses personnages, tourmentés par le mal, n'en finissent pas de patauger dans la haine, la déraison. La seule histoire d'amour qu'il se sentait prêt à coucher sur le papier, avec maladresse, c'était bien la sienne. Celle dont Léa a écrit toutes les pages, patiemment, en vingt années de vie commune. Victor aime Léa. Léa aime Victor. Tout est dit en six mots. Six. Pas un de plus.

Ils ont deux enfants, Elsa et David. Le petit roi David joue encore avec ses Playmobil tandis qu'Elsa apprend – déjà – l'histoire de l'insurrection du Ghetto de Varsovie sur un CD-Rom… Victor et Léa les regardent grandir avec angoisse, persuadés que leur avenir sera difficile et qu'ils devront batailler, bien plus fort que leurs parents ne l'ont fait, pour conquérir leur petite part de bonheur. Ils leur souhaitent bonne chance. Ou Mazel Tov. C'est selon.

FIN

DU MÊME AUTEUR

Mygale
Gallimard, « Série noire », 1984
et « Folio Policiers », 1999

Mémoire en cage
Gallimard, « Série noire », 1986

Comédia
Payot, 1988

Les Orpailleurs
Gallimard, « Série noire », 1993
et « Folio Policiers », 1998

La Vie de ma mère !
Gallimard, « Série noire », 1994

L'Enfant de l'absente
avec Jacques Tardi et Jacques Testart
Seuil, « La Dérivée », 1994
et « Points » n° P 368

La Bête et la Belle
Gallimard, « Folio », 1995
et « Bibliothèque Gallimard », 1998

Le Secret du rabbin
L'Atalante, 1995

Le Pauvre nouveau est arrivé
Librio, 1998

Du passé faisons table rase !
Actes Sud, « Babel », 1998

Moloch
Gallimard, « Série noire », 1998

La Vigie et autres nouvelles
L'Atalante, 1998

Le Bal des débris
Méréal, 1998

IMPRESSION : S.N. FIRMIN-DIDOT AU MESNIL-SUR-L'ESTRÉE
DÉPÔT LÉGAL : MAI 1999. N°37445 (46793)